우리의 민아

강애영 소설집

우리의 민아

| 차례 |

너는 모른다   9
한밤중에 민서는   37
김만수와 현아   61
우리의 민아   87
김현우의 열쇠   115
피트 인   145
한낮의 바다   173

해설 나는 모른다 조형래   198
작가의 말   213

너는 모른다

*

　영화는 걸음을 잠시 멈추고 벽화를 바라보았다. 복지센터 외벽에 녹색으로 그려진 산과 들이 이미 시작된 봄을 알리듯 산뜻했다. 그것들이 두식에게 뒤늦게 다가올 봄을 알리는 것 같았다. 새삼스레 영화는 그동안에 들인 노력과 시간들이 헛수고가 아닌 것 같아 흡족해진 마음으로 뒤를 돌아보았다. 두식이 저만치서 도무지 의지라고는 없이 마지못해 걸어오고 있었다. 빨리 와! 서류 접수까지 마쳐야 이사가 마무리된다는 생각에 영화는 두식을 향해 손짓하고는 먼저 건물 내부로 들어갔다. 사무실 문을 밀고 들어섰을 때, 접수대 앞에 핑크빛 염색을 한 푸들을 안은 아주머니가 뭔가를 적고 있었다.
　영화는 아주머니 뒤로 가 줄을 섰다.
　"저기, 우리 집 문짝을 언제 고칠 수 있을까요?"
　"거기 접수대장에 쓰세요."

자판을 두드리며 뭔가를 입력하던 접수원은 아주머니를 쳐다보지 않고 하던 일에 집중하며 사무적으로 대꾸했다. 여그, 썼는디요. 그러자 이번에는 접수원이 상체를 틀어 뒤쪽 책상이 다닥다닥 붙어 있는 사무실 내부를 향해 언제 가능한지 물었다. 벽시계가 5시 35분을 가리켰다. 퇴근 시간이 임박해서인지 권태로운 표정으로 앉아 있던 남직원 넷은 하루 업무가 끝났다는 듯 핸드폰을 보거나 서류를 뒤적이면서도 별 반응이 없었다. 지금 가시죠. 방금 막 밖에서 들어와 데스크 가장자리 통로를 지나 안으로 들어간 남직원이 책상에 올려놓았던 공구함을 다시 집어 들었다. 그가 앞장서 밖으로 나가자 아주머니가 그를 따라나섰다. 이어 두식이 쭈뼛거리며 안으로 들어왔다. 두식은 내부를 잠시 살피더니 접수대 맞은편 벽면에 놓인 진녹색 플라스틱 의자에 다리를 꼬고 앉았다.

"입주 신고하려고요."

영화의 말에 접수원은 입주신고서를 작성하라고 했다. 데스크 가운데 놓인 서류함에서 입주신고서를 꺼낸 영화가 빈칸에 두식의 신상을 기입하고 손가방에서 필요한 서류를 꺼내 신고서와 함께 내밀었다. 그러자 그녀가 서류와 등본과 가족관계증명서를 확인하더니 그제야 고개를 들어 사진도 필요하다고 했다. 영화가 사진을 내밀자 사진 뒷면에 딱풀을 칠해 입주카드에 붙인 그녀가 입주자와 관계가 어떻게 되는지 물었다.

"동생인데요."

"입체동산임의 동의서에 서명하고 연락처를 기입하세요. 입주자가 사망 시 가족과 연락이 안 되는 경우 임의로 처리한다는 내용입니다."

영화는 동의서에 서명을 하고 자신의 핸드폰 번호를 적어 넣었다.

"접수는 됐고요. 213호, 전기세 납부 통지서를 못 봤나요? 문 앞에 붙었을 텐데."

그녀의 물음에 아랫입술을 살짝 깨문 영화는 모른다고 하면 그만인 일을 참지 못해 기어코 한마디 덧붙였다.

"못 봤는데요. 그건 여기 일 아닌가요?"

"빈집인 경우에는 청구서를 문 앞에 붙여 놓거든요. 지금까지는 새로 이사 온 세입자들이 가져와서요."

"제가 볼 때는 없었어요."

영화는 그녀처럼 사무적인 대답을 남기고 관리사무소를 나왔다.

오른쪽 통로를 빠져나오자 정자가 나왔다. 먼저 나온 두식이 207동을 바라보며 담배를 피우고 있었다. 정말 웃겨. 자기들 일을 왜 입주자한테 시키는데? 영화는 괜히 두식의 뒤통수에 대고 툴툴거렸다.

"찾아올 수 있을까?"

두식은 영화의 짜증 따위는 안중에도 없다는 듯 제법 심각한 표정으로 말했다.

"적당히 좀 해라."

영화가 언성을 높였으나 말이 통하는 두식이 아니었다. 알코올성 치매를 앓는 두식은 때때로 감정 기복이 심했다. 어느 때는 말짱해 보였고 어느 때는 꼴이 잔뜩 나서는 버럭 화부터 냈다. 그러다가 자칫 영화가 방심한 사이에 두식은 제 성질에 못 이겨 어디론가 가 버리기도 했다. 영화는 도통 종잡을 수 없어 미칠 지경이었다. 대부분 그러했는데 아주 가끔 두식은 영화가 아프다고 하면 태도를 바꿔 온순해지기도 했다.

"난 아파도 병원도 못 가고 일해. 네가 살 집이라고. 앞으로는 이사 안 다니고 죽을 때까지 여기서 살 거야."

"모르겠으니까 그러지. 너는 모른다."

복도식 아파트 고층을 망연하게 올려다보던 두식의 눈가가 촉촉해졌다.

"정자만 찾으면 되겠네. 바로 앞에 계단 있잖아!"

영화의 말에 두려움에 차 있던 두식의 두 눈에 반짝 총기가 돌았다. 피우던 담배를 손끝으로 눌러 끈 두식이 곧장 207동을 향해 걸어가더니 계단을 터덕터덕 올라가 건물 안으로 사라졌다. 영화가 엘리베이터로 이동해 이층에서 내렸을 때 두식은 니은 자로 갈라진 복도 앞에 서 있었다. 어디로 갈지 잠시 양쪽을 두리번거리더니 검지 손가락을 세워 점을 치듯 좌우로 흔들더니 방향을 우측으로 세우고 복도를 걸으며 210, 211, 212호를 지나쳤다. 두식이 213호에 멈추더니 손가락을 다시 세워 호패를 확인하고는 셔츠 주머니에서 주섬주섬 목걸이 열쇠를 꺼내 잠긴 문을 열고 안으로 들어갔다. 됐다. 영화는 안도의 숨을 내쉬며 잠시 복도 바깥을 내다보았다. 정자 뒤로 오백 살은 족히 돼 보이는 나무에서 새싹이 파릇하게 돋아나고 있었다. 언제 나왔는지 노인 세 사람이 정자에 모여 나물을 다듬고 있었다. 돌아가신 어머니도 살아 계셨다면 저렇게 나물을 다듬고 계실 터였다. 영화가 곧 해가 떨어질 서쪽 하늘을 바라보며 돌아가신 어머니의 나이를 헤아릴 때였다. 두식의 목소리가 복도 밖까지 들려왔다.

*

오 년 전, 두식은 서울에 살았다. 동거하던 여자에게 쫓겨난 이후로 두식은 일정한 거처가 없었다. 보증금이 필요하다며 매일 전화를 걸어와서 영화가 남편 몰래 원룸 주인에게 보증금을 송금해 준 이후로 한동안 잠잠했다. 그때는 남편과 함께 운영하던 슈퍼를 접은 이후라서 형편이 좋지 않았다. 주중에는 식당 일, 주말에는 예식장 뷔페 음식 서빙을 하고 새벽에는 학원 청소를 나가느라 잠이 부족해서 자면서도 짜증이 일던 때였다.

반년쯤 지났을 때 두식이 술에 잔뜩 취해서는 영화의 잠을 깨웠다.

"미친놈. 지금 시간이 몇 신데 전화질이야, 술 처먹었으면 잠이나 자."

"죽을 것 같아. 너무 추워."

어디냐고 묻자 두식은 호수가 보인다며 횡설수설했다. 알아서 해. 영화는 전화를 끊고 전원까지 꺼 버렸다. 곧 청소하러 갈 시간이었지만 10분만 더 누웠다 일어나려고 이불을 뒤집어썼다가 그사이에 꿈을 꿨다. 티비에 나온 두식이 인터뷰를 하고 있었다. 화면을 등진 기자가 두식에게 마이크를 들이밀며 가족이 없냐고 물었고 두식은 여동생이 있다고 대답했다. 있긴 한데 전화도 안 받아요. 죽겠다고 하면 알아서 죽으래요. 가족도 다 필요 없어요. 말을 마친 두식이 벤치에 드러누워 몸을 웅크렸다. 그 모습이 한동안 클로즈업됐다가 화면이 점차 어두워졌다.

화들짝 놀라 자리를 털고 일어난 영화는 옷을 두껍게 껴입고 주차장으로 갔다. 시동을 걸자 발동기 소리가 요란했다. 지인에게 백만 원에 구입한 낡은 모닝이었지만 생활하는 데 요긴했다. 버스를 타면 40분쯤 소요됐지만 차로 이동하면 10분 거리였다. 영어 학원은 엘리베이터가 없어 계단을 오르내려야 했다. 3, 4층 오가며 여덟 개의 강의실을 쓸고 닦고 책상 열까지 맞추고 나면 겨울에도 땀이 났다. 제대로 청소하면 1시간 30분, 대충 해도 1시간은 족히 걸렸다. 다시 집으로 돌아오면 7시 30분쯤 되었다. 고3인 딸은 우유에 시리얼을 타 먹고 학교에 가고 없었다. 영화는 된장국이나 김치찌개를 끓여 밤새 일하고 들어온 남편과 식사를 했다. 그날은 힘들어서 국도 없이 김과 계란 프라이와 김치뿐인 간단한 식탁이었다. 밥 한 공기를 순식간에 비운 남편이 피곤하다며 침대에 누워 이내 코를 골았다. 영화는 꿈 내용이 아무래도 신경 쓰여 그제야 두식에게 전화를 걸었다. 전화기가 꺼져 있었다. 영화는 두식을 데려오겠다는 메모를 식탁에 붙여 두고 식당에 전화를 걸어 사정을 이야기한 다음 모닝을 운전해 서울로 출발했다. 고속도로에서 속도를 내면 차가 흔들렸다. 영화는 운전대를 힘껏 붙들었다. 그런데도 옆 차선으로 덤프트럭이 추월하며 지나갈 때면 모닝이 옆으로 밀리는 듯해서 내내 긴장의 연속이었다. 서울 근교에 이르자 그때부터 시작된 차량 정체가 톨게이트를 지나 송파구까지 이어졌다.

송촌빌라에 도착했을 때는 오후 3시경이였다. 주인 여자는 두식이 월세를 한 번도 내지 않았다며 미리 싸 놓은 짐을 가져가라고 했다. 영화가 밀린 월세를 이체하겠다고 했지만 주인 여자는 필요 없다며 손사래를 치더니 뒤돌아서 계단을 올라갔다. 혹시 여기서 호수가 먼가요? 영화가 주인 여자의 뒤통수에 대고 다급하게 묻자 멈춰 선 그녀가 뒤돌아섰다. 호수? 석촌호수라면 저쪽에 있어요. 찾아갈 수 있으려나? 큰길로 나가서 유턴해서 우회전하면 호수 진입로가 나와요. 거기 있대요? 암튼 댁도 고생이요. 그녀가 팔을 뻗어 손가락으로 가리킨 방향을 살핀 영화는 감사하다고 인사하고 두식의 짐을 트렁크에 실었다.

석촌호수에 있는 두식을 찾았을 때는 이미 해가 서쪽으로 기울어 있었다. 역광이어서 잘 보이지는 않았지만 벤치에 웅크리고 앉아 호수에 떨어진 노을을 퀭한 눈으로 바라보고 있는 폼이 한눈에도 두식이었다. 여기서 뭐하는 거야? 영화가 버럭 소리를 질렀다. 그러자 두식은 찾으러 올 줄 알았다는 듯이 자리에서 일어서려다가 그대로 벤치 아래로 고꾸라졌다. 가까이서 본 두식의 몰골은 말이 아니었다. 지저분한 외투에 시커멓게 그을린 얼굴, 총기라고는 없는 눈동자, 길게 자란 수염, 머리카락은 마른 건초처럼 만지기만 해도 부서질 것처럼 푸석해 보였다. 몸을 가누기 힘든 두식을 일으켜 세워 차로 이동하는 동안 영화는 몇 번이고 넘어질 뻔했다. 그느러나 운전할 기운도 없었지만 영화는 왔던 길을 되짚어 고속도로를 달렸고 새벽 2시 15분에 집에 도착했다. 창고로 쓰던 작은 방을 두식에게 내주고 영화는 잠깐 눈을 붙였다가 새벽에 일어나 학원 청소를 갔었다.

작은 방이 답답해서인지 두식은 눈만 뜨면 밖으로 나갔다. 종일 어디서 무얼 하냐고 물으면 두식은 빤한 걸 묻는다는 표정으로 운동했지, 하고 대답했다. 대답과는 달리 두식의 옷에는 건초가 잔뜩 붙어 있었고 엉덩이와 신발에 흙이 묻어 있기도 했다. 비가 오거나 눈이 온 날에도 두식은 폐쇄공포증 환자처럼 집에 있는 걸 못 견뎌 했다. 문제는 한밤중에 발생했다. 식구들이 잠든 야심한 시간에 두식은 방에서 나와 집 안을 돌아다녔다. 부엌에서 간식거리를 찾아 냉장고를 여닫았고 적당한 간식거리가 없으면 라면을 끓여 방에 들어가 먹기도 했다. 밤에는 자야 한다고 영화가 주의를 줬지만 그때뿐이었다. 배가 고프다, 화장실도 못 가냐, 목이 마르다 등. 갖가지 핑계를 대며 제멋대로 굴었다. 수험생이던 딸의 표정이 점차 굳어 가자 영화는 동사무소에 들러 공공주택이나 영구임대를 알아보았다. 영구임대는 거주지 기준 일 년 이상 거주자에 의해 자격이 생기고 입주자로 선정되는 기간도 오래 걸린다고 했다. 영화는 육 개월 이상 거주자가 신청할 수 있는 공공임대주택을 신청하고 연락이 오기를 기다렸지만 소식이 없었다.

칠월, 더위가 시작되자 영화는 고심 끝에 두식을 분가시키기로 했다. 20분쯤 떨어진 곳에 지은 지 오래된 주공아파트를 얻었다. 보증금 이백에 월세가 십팔만 원이어서 인근에서 세가 가장 싼 곳이었다. 두식의 수급비를 잘 관리하면 월세를 부담할 수 있을 것 같았다. 좀 멀기는 했지만 큰길을 따라 쭉 걸어가 구릉지를 넘어서면 대로 사거리를 지나 왼쪽에 주공단지가 있었다. 계약하고 간단한 짐을 옮기고 두식을 데려갔을 때였다. 두식은 집을 못 찾겠다고 했다. 단지가 커서 헷갈릴 수도 있지만 며칠 지나면 적응할 거라고 두식을 달랬다. 하지만 저녁 무렵이면 두식은 전화를 걸어 집을 못 찾겠다고 했다. 어디냐고 물으면 모른다고 횡설수설했다. 영화는 지나가는 사람을 바꿔 달라고 해서 위치를 물어 가며 밤마다 두식을 찾아다녔다.

핸드폰을 잃어버린 이후로 두식은 노숙을 시작했다. 영화는 퇴근

길에 집 근처 고물상 건너편에서 노숙하는 두식을 발견했다. 어디서 구했는지 도톰한 스티로폼을 깔고서 누더기가 다 된 외투를 뒤집어쓰고 잠들어 있었다. 어쩔 수 없이 짐을 뺐다. 열쇠로 문을 따고 들어가려던 영화는 기겁하며 문 앞에서 뒷걸음질 쳤다. 현관 입구에서부터 발 디딜 틈도 없이 우글거리는 바퀴벌레는 거실 벽이고 천장이고 빈틈없이 가득했다. 그래픽 영화보다 더 생생하고 놀라운 광경을 목도한 영화는 간신히 문을 닫고 슈퍼로 가 뿌리는 바퀴벌레 약을 세 통이나 사다 뿌렸다. 그 집에서 가지고 나온 물건은 아무것도 없었다. 백 리터짜리 재활용 봉투 두 장에 이불이며 세면도구 식기류 전기 포트 전기밥솥 옷가지도 모두 담아 버렸다. 남편이 집주인과 몇 번의 통화 끝에 두 달분 월세를 제하고 남은 보증금을 돌려받는 것으로 두식의 첫 번째 이사는 마무리됐다.

두식의 노숙이 지속되던 어느 날이었다. 엘에이치에서 공공임대 주택 입주가 가능하다는 안내문이 날아들었다. 9평 원룸이 고물상에서 가까운 곳에 있어 두식이 살기에 적합해 보였다. 월세가 육만 원, 관리비와 전기세 가스비를 포함해서 두식의 기초 수급비로 감당할 수 있을 것 같았다. 영화는 세탁기 냉장고 밥솥 가스레인지 등. 기본적인 가구를 새로 장만하느라 비상금을 털어 넣었고 임대 보증금 이백만 원을 입금하느라 남편에게 양해를 구해야 했다. 이사를 시키던 날 영화는 앞으로는 걱정 없기를 바랐다. 한동안 두식은 그곳에서 잠을 잤고 일어나면 바깥으로 돌아다녔다. 두식에게는 청결 개념이 전무했다. 씻는 것도 치우는 것도 신경 쓰지 않고 오직 자고 일어나 막걸리와 담배를 피우는 것만 자신의 일인 양 성실하게 수행했다. 몇 개월이 지나기도 전에 새로 장만한 살림살이가 순식간에 지저분해졌다. 두식은 스텐 냄비든 양은 냄비든 새것과 헌것, 비싼 것과 망가뜨려도 될 것을 가리지 않고 새카맣게 태워 버렸고 이곳저곳에 얼룩을 만들어 사용 불가 상태로 만들었다. 전기장판은 일 년이 못 돼 고장 났고 침대 매트는 얼룩으로 못 쓰게 됐으며 베개는 몇 달이 못 가 버려야 할 만큼 지저분해졌다. 돌봄 서비스 신청이 가능한지 알아보던 영화는 구청 담당자로부터 의사의 진단서가 있으면 가능하다는 안내를 받았다. 두식의 근로 평가 확인서를 발부해 주던 알코올 병원 의사는 삼 개월은 진료해야 진단이 가능하다고 했다. 이 주에 한 번 두식을 데리고 병원을 방문한 영화는 기간을 채워 진단서를 발부받았고 그것을 동사무소에 제출했다.

한 달 후, 건강관리협회에서 우편으로 보내온 답변서에는 등급 외 판정이 적혀 있었다. 한 장의 서류에는 두식의 상태가 비교적 간략하게 적혀있었는데 그러니까 그들의 표현을 빌려 한마디로 요약하자면 두식은 조건미달자였다.

*

이변이 없는 한 두식의 이사는 이번이 마지막일 것이다. 영화는 그동안 남편이 처리했던 두식의 세금 처리를 이번에는 자신의 통장으로 자동 납부를 할 생각이었다. 최근 물류 센터 일이 더 많아져서 남편이 힘들다고 하는 것도 있었고 지난겨울 두식의 원룸 가스비가 월 이십만 원 가까이 나와 신경이 쓰이기도 했다.

아침 퇴근길에 이삿짐부터 후딱 날라 놓고 온다던 남편이 정오가 돼서야 돌아왔다.

"오래 걸렸네? 윤 사장이 안 도와줬어?"

남편이 대답 대신 집에 현금이 있는지 물었다.

"얼마나?"

"십만 원."

"십만 원이나 달래?"

"윤 사장도 폐기물 값을 낸다니까. 동사무소까지 가서 스티커를 사기도 번거롭고. 참, 형님 친구 분 만났어."

"누구? 두식이 친구가 어딨어?"

"원룸 옆방 친구, 그분이 시영에 살더라고. 당분간 형님을 고물상까지 데려다주겠대."

그 사람 좀 이상하다고 하자 남편은 잘된 거라고 좋은 쪽으로 생각하자고 했다. 그러더니 입맛이 없다며 냉수를 한 잔 마시고는 욕실로 들어가 샤워기를 틀어 놓고는 큰 소리로 청소 도구나 그릇 같은 거 다 버렸다고 했다.

선반과 서랍에서 수세미와 행주, 접시 몇 개와 밥공기, 수저 젓가락 등을 꺼내 쇼핑백에 담아 두식의 신분증과 서류가 담긴 손가방을 함께 넣어 식탁 의자에 올려 두었다. 그러고는 필요한 서류들을 다 챙겼는지 포스트잇에 적어 다시 점검했다. 입주신고서에 필요한 사진이 빠져 있었다. 두식의 서류를 모아 둔 상자에서 증명사진 한 장을 찾아내 손가방에 넣었다. 머리를 빡빡 민 상태에서 찍은 증명사진이었다. 두식이 서울로 가겠다며 신분증 재발급 신청을 한 적이 있었다. 두식이 혼자서 처리하기에는 불가능한 일이었는데 아마도 옆방 친구가 도왔을 것이다. 그러느라 사진을 찍었다고 두식이 말했었다. 영화는 두식에게 사람들을 함부로 믿지 말라고 특히 신분증을 내주거나 통장을 개설해 주면 안 된다고 신신당부하며 옆방 친구도 믿지 말라고 주지시켰다. 걱정 마라, 그 사람도 불쌍한 사람이다. 두식은 아무에게나 친절했고 아무나 친구라고 하면서 다들 불쌍하다고 했다. 두식에게 불쌍하다는 기준은 자신과 비슷한 처지의 사람들이었다. 그들을 두식은 무조건 불쌍하다고 여겼다.

옆방 친구는 일 년 전쯤 두식의 방을 수시로 드나들며 보일러를 끄고, 빨래도 널어 주고, 설거지가 쌓여 있으면 잔소리를 하면서 자연스럽게 친구라는 호칭을 얻었다. 그때는 두식에게 핸드폰이 없던 때였다. 혹시 무슨 일이 있으면 연락을 달라고 전화번호를 알려 준 이후로 그는 간혹 영화에게 문자를 보내왔다. 여동생 분, 102호 옆방 친구입니다. 김치와 빨랫비누가 필요합니다. 오실 때 챙겨 주세요. 부탁합니다. 말투가 정중한 그는 문자도 정중했는데 옆방 친구라고는 하나 영화는 그에게 문자를 받고서 다소 황당하기도 하고 난처하기도 해서 한동안 멀거니 폰 액정을 바라보며 고민했다. 그러다가 답문자를 보내려고 인사말을 먼저 썼는데 써놓고 지우기를 여러 번 반복하다가 먼저 감사하다는 인사말과 함께 알겠다는 답 문자를 보냈다. 그러면 그에게서 다시 수고하셔요, 하고 문자가 날아왔다. 옆방 친구는 이후로도 한동안 부정기적으로 메시지를 보내왔다. 두식을 대신해 화장지가 떨어졌다거나 라면 대신 김치를 넣어 달라며 필요한 걸 주문했다.

나중에 영화는 부식을 요구하는 사람이 두식인지 103호인지 알 수가 없었다. 서너 번 두식의 방을 방문했다가 옆방 친구를 맞닥뜨린 이후였다. 두식이 없는 방에서 혼자 라면을 끓여 먹으며 티비를 시청하던 그는 영화의 방문에도 당황하는 기색 없이 태연하게 저, 세탁기 좀 쓰는 중입니다, 하고 말했다. 네, 편하게 쓰세요. 영화는 두식을 보살펴 주는 감사함에 그 정도의 편의는 봐줘야 한다고 생각해서 한 대답이었다. 그런데 차츰 그의 행동이 이상했다. 그는 두식의 방이 제 방인 양 두식도 없는 방을 차지하고 앉아 영화를 손님 대하듯 했다. 일주일 치 부식이 든 상자를 들고 가 두식의 방문을 열면 그가 앉은 채로 영화를 맞이했고 멀뚱하게 영화의 행동을 지켜보았다. 서둘러 라면과 조미김 빵 김치 참치 캔 등을 냉장고와 선반에 정리하고 나면 그가 고생하셨다며 안녕히 가시라며, 앉아서 인사했다. 이건 뭐지? 문밖으로 나서며 영화는 한마디로 표현하기 어려운 복잡한 감정에 휩싸였는데 이내 그럴 수도 있지 빨래가 되는 동안 기다린다잖아, 하며 단순하게 생각하려고 노력했다. 이후로도 그는 영화를 보고 일어서거나 나가지 않았고 같은 태도를 유지했다.

영화의 성화에 못 이긴 두식이 한동안 문을 잠그고 파란 목걸이 열쇠를 목에 걸고 다녔다. 그러던 중에 냉장고가 고장이 났다. 냉장고뿐 아니라 전자 제품이 다 작동하지 않아 살펴보니 차단기가 내려가 있었다. 신발장 측면에 있는 차단기를 올렸으나 전기는 들어오지 않았다. 한전에 고장 신고를 하자 이층 통유리 안쪽 벽에 붙은 전체 차단기를 살펴보라고 했다. 그곳을 살피니 두식의 방 전원만 내려가 있었다. 누군가 일부러 내린 것이 분명했다. 두식은 며칠 재워 준 노숙자가 있는데 그가 그랬을 거라고 했다. 원룸 구조를 잘 아는 사람일 거야. 영화가 옆방 친구를 의심하자 두식은 그 친구는 아니라고 했다. 최근에 이사 갔어. 어디로 갔는데? 그거야 나도 모르지. 이사를 갔다면 두식의 말이 맞을지도 모른다고 생각한 영화는 금세 옆방 친구를 잊었다.

시간이 지나자 두식의 방은 그전처럼 엉망이 됐다.

*

열흘 전, 오후 6시 정각에 도시공사에서 전화가 걸려 왔다. 시영아파트 입주가 가능하다는 소식이었다. 담당자는 동 호수를 지정해 주며 방문 후 입주 여부를 결정하라고 했다. 토요일이라 오전만 근무한다고 해서 오전 11시로 약속 시간을 정했다. 관리사무소는 복지센터 내 일층에 있다고 했다. 다음 날 아파트 관리사무소를 찾아간 영화는 복지센터 내부로 들어가는 문이 모두 잠겨 있어 건물을 한 바퀴 빙 돌아 지하 주차장으로 내려갔다. 그곳에서 엘리베이터를 타고 일층에서 내리느라 영화는 약속 시간보다 10분 늦게 사무실로 들어갔다. 대기 중이던 중년의 남자가 영화를 보자마자 벽시계를 확인하더니 열쇠 뭉치를 들고서 308동으로 앞장섰다.

"9층에서 내려 8층으로 계단을 내려가야 합니다. 처음에는 헷갈릴 수 있습니다. 지대가 층이 져서 복잡하게 설계됐네요."

엘리베이터 안에서 9층을 누른 뒤 남자가 지대 높이가 달라 입주자가 초기에는 헷갈릴 수 있다는 설명을 했다. 그사이 엘리베이터가 9층에서 멈췄고 그가 앞장서 내리더니 계단을 내려갔다. 아래층에 내려서자 위치가 헷갈렸다. 좌우를 살피던 영화는 두식이 적응하기가 어렵지 않을까 생각하며 남자를 따라가 808호 내부를 살폈다. 내부는 몹시 지저분하고 낡아 있었다. 붙박이장을 열어 보니 겹겹이 눌어붙은 묵은 때와 죽은 바퀴벌레 두 마리가 바싹 마른 채로 분해되고 있었다. 도배도 장판도 누렇게 변색되어 집 전체가 낡아 보였다. 그곳에서 나온 영화는 엘리베이터 안에서 두식의 상태를 남자에게 솔직하게 털어놓았다.

"사실은 오빠가 살 집인데요. 술도 좋아하고 담배도 피우고, 게다가 가벼운 치매 증상까지 있어서 적응할지 모르겠네요. 저층이면 좋겠는데."

영화의 말에 그가 의외의 해답을 내놓았다. 지난 가을에 많이들 신축 아파트로 이사를 가서 빈집이 더러 있으니 도시공사에 다시 문의를 해 보라는 거였다. 뜻밖의 정보에 화색이 만연해진 영화는 정자 앞에서 남자와 헤어지고서 천천히 주변을 살폈다. 정자에 주민으로 보이는 남녀노소가 모여 앉아 담소를 나누며 음식을 나눠 먹고 있었다. 영화는 넉살 좋게 할머니들 사이에 끼어 너스레를 떨 두식을 상상했다. 단지 입구 상가에 병원, 약국, 슈퍼가 있어 생활하기에도 편리해 보였다. 저층만 있다면 이만한 조건의 주거지가 없어 보였다. 월요일 아침까지 기다렸던 영화는 9시 30분에 도시공사로 전화를 걸었다. 담당자는 307동에 2층이 비었다고 했다.

도배와 장판을 새로 한 213호는 비교적 깨끗해 보였고 무엇보다 남향이라 햇볕이 방 안까지 들이쳐 집 안이 환해서 마음에 들었다. 영화는 213호에 입주하겠다고 결정하고 당일 낮부터 일 처리를 서둘렀다.

*

동네 구석구석을 차로 돌며 두식을 찾느라 허탕 친 영화는 대낮에 원룸에서 잠들어 있는 두식을 찾아냈다. 일어나! 영화의 목소리에 눈을 번쩍 뜬 두식이 반사적으로 일어나 앉더니 벌건 눈을 끔뻑이며 무슨 일이냐고 물었다. 서류 하러 가야 해. 영화의 말에 길가에서 펄럭이는 바람 인형처럼 몸을 굽혀 일어선 두식이 미닫이문을 붙잡고 서서 신발을 신으려 했다.

"수염 깎고, 씻기부터 해."

"씻었는데?"

두식이 1.5센티쯤 자란 턱수염을 오른손으로 문지르며 천연덕스럽게 말했다. 영화가 정색하며 화를 내자 두식이 마지못해 화장실로 들어가 개수대에 물을 틀더니 빨랫비누를 집어 들었다.

"바디 샴푸로 해."

두식은 이번에도 두리번거리다가 영화의 손가락이 지시하는 곳에서 바디 샴푸를 찾아내 펌핑했다. 추워. 두식이 턱에 거품을 묻히고는 수돗물에 손을 대고는 달달 떨었다. 영화는 중문 안쪽에 있는 보일러를 살폈다. 보일러가 고장이 났는지 오렌지색 점멸등이 깜빡였다. 동작 버튼을 연달아 눌렀지만 여전히 오작동이었다. 그사이에 두식은 수염을 깎고 찬물로 머리를 감고 나와 진저리 치면서 수건으로 머리를 털었다. 갈아입을 옷을 꺼내 놓고서 밖으로 나온 영화는 냄새 때문에 참았던 숨을 한꺼번에 내쉬었다. 주말마다 들러 빨래를 돌리고 치우라고 잔소리를 했지만 방에서도 두식에게서도 냄새는 사라지지 않았다. 싱크대에 담가 둔 음식물을 태운 냄비, 막걸리 병과 담뱃재, 쓰레기가 가득 담긴 상자, 습기와 곰팡내가 밴 구석에 쌓인 지저분한 옷, 여러 냄새가 섞인 두식의 방에서는 뭐라 표현하기 어려운 쿰쿰한 냄새가 났다.

신축된 도시공사와 엘에이치 본사는 둘 다 상무지구에 있었다. 도시공사를 먼저 들러 계약서를 처리했다. 영구 임대 사무실은 일층 로비 오른쪽에 있었다. 담당자는 비교적 친절했다. 전화로 상담하고 보증금을 선 입금시킨 후여서 일 처리가 비교적 간단했다. 오십 대로 보이는 담당자가 미리 준비한 계약서를 내밀었고 두식이 주민번호를 적더니 서명란에 멋지게 사인했다. 두식의 사인은 심하게 변형된 샤넬체처럼 보였다. 두식이 제 사인에 심취한 듯 만족한 미소를 짓고서 더 서명할 데가 없냐고 물었다. 다 됐으니 가셔도 됩니다. 담당자의 대답에 두식은 못내 아쉬운지 주변을 휘둘러보고는 천천히 밖으로 나갔다.

오후 3시가 조금 넘어선 시간이었다. 서두르면 해지 서류도 한꺼번에 마칠 수 있겠다 싶었다. 영화는 차 안에서 핸드폰 데이터를 켜 엘에이치 본사를 검색했다. 시청 못 가서 목적지가 있다는 걸 확인하고 그곳으로 찾아갔다. 주차장을 찾지 못해 건물을 한 바퀴 돌고서 갓

길에 주차했다. 로비에서 안내판을 보고 담당 부서를 확인했다. 엘리베이터를 타고 14층으로 올라가 공공임대부서를 방문했다. 담당자가 잠시 자리를 비웠다며 옆자리 직원이 기다리던가 다음 날 다시 방문하라고 했다. 기다리겠다고 답하고 넓은 사무실을 구경하며 소파에 앉아 대기했다. 삼십 분쯤 지나자 담당자가 나타나 두식을 호명하더니 인감증명서가 필요하다고 했다. 영화가 안내를 받지 못했다고 하자 근처 마트에 출장소가 있다며 떼어 올 거냐고 물었다. 영화는 두식과 함께 출장소로 가 인감증명서를 떼어 왔다. 필요한 서류를 작성하던 영화가 자신의 통장으로 보증금을 돌려받을 수 있냐고 묻자 옆에 있던 직원이 추가 서류를 내밀며 당사자의 서명이 필요하다고 했다. 영화가 두식을 불렀고 대기석에서 앉았던 두식이 다가와 필요한 곳에 서명했다. 저런 서명도 괜찮을까 싶을 정도로 두식이 멋을 부려 제 이름을 써냈는데 서류를 받아 든 직원이 쿡하고 터져 나오는 웃음을 참느라 고개를 살짝 숙였다. 그러자 담당자가 보호자가 사인해도 된다며 새로 서류를 내밀었다.

"이십만 원 정도 유보금을 제하고 나머지는 집을 비우는 날 입금됩니다."

"유보금이요?"

"혹시나 미납금이 있거나 시설에 대해 문제가 생길 경우를 대비해서 그렇습니다."

돌아오는 길 차 안에서 영화는 얼마 전 만기된 적금을 찾아 도시공사 보증금을 미리 해결하지 않았다면 난감했을 거란 생각이 들어 두식에게 물었다.

"이사하는 데 얼마가 드는지 알아?"

"나야 모르지."

"몰라서 좋겠다."

영화가 쏘아붙이자 두식은 왜 시비냐는 듯 미간을 잔뜩 찌푸렸다.

*

토요일 오전 9시에 도시가스 기사와 약속이 잡혀 있었다. 기사는 먼저 방문한 곳에서 가스가 샌다며 계속해서 시간을 지연시켰고 그때문에 영화는 오전 내내 아무것도 못하고 집에서 대기했다. 11시가 넘어서자 기다리다 지친 영화는 두식의 원룸으로 가 현관문과 창문을 죄다 열어 놓고 전등을 켰다. 여기저기 얼룩이 드러났다. 영화는 가스레인지를 청소하려다 멈칫했다. 시커멓게 눌어붙은 음식 찌꺼기를 보니 지레 어깨가 욱신거렸다. 두식이 오면 시킬 요량으로 눈을 질끈 감은 영화는 고개를 돌려 이사 갈 때 버리고 갈 목록들을 살폈다. 냉장고, 세탁기, 선풍기, 밥솥, 가스레인지는 얼룩만 제거하면 그나마 쓸 만해 보였다. 식기와, 침대와 전기장판, 매트리스와 이불은 고물상에서도 마다할 물건들이었다. 곰팡이 핀 옷들도 죄다 버려야 했다. 달마 액자와 붉은 천 소파, 사십 평대 거실에 걸렸을 산수화, 녹슨 전신거울도 모두 버릴 거였다. 미리 폐기물 스티커를 발부받아야 하나 고민할 때 밖에서 트럭 소리가 났다. 잠시 후, 손에 막걸리 병을 든 두식이 비척대며 열린 문을 짚고 서더니 영화를 향해 왜 또? 하고 초점 잃은 눈을 치뜨며 짜증부터 냈다.
"가스레인지 청소해야 해. 기사님 금방 온댔어."
"아, 나 피곤한데?"
두식은 휘청거리며 신발을 벗더니 싱크대 앞으로 가 가스 배선을 통째로 잡아 빼려 했다.
"그게 아니고!"
"그럼?"
두식이 난감한 표정으로 물었다. 가스레인지 상판 씻으라고. 두식의 어눌한 손놀림을 지켜보며 영화가 화를 삭이는 동안 누군가 열린 현관문 사이로 불쑥 얼굴을 들이밀었다.
"어, 이모!"
두식이 철 수세미를 손에 든 채로 뒤돌아보며 제 이모처럼 다정하게 아는 체를 했다.
"이사 간댜? 여기가 더 나을 건디, 정신이 없어서 거기는 찾아갈랑가?"
"가스 기사 기다리는 중이에요. 짐은 월요일에 옮기고요. 핸드폰 목에 걸고 다니니까, 못 찾으면 연락하겠죠."
영화가 대신 대답하자 화색을 되찾은 두식이 어린아이처럼 농을 지껄였다.
"이모. 핸드폰 번호 불러 봐. 이모가 나 좀 잘 보살펴 줘야지."
"나가 어떻게 보살펴?"
이모는 두식의 천연덕스러움이 싫지 않은 듯 이런저런 참견을 해댔다.

"말은 청산유수여. 그나저나 동생은 뭔 죄랴? 돈은 어디서 거저 생기는 줄 알고 라면이고 뭐고 막 아무나 나눠 주고 그랴. 에휴, 동생이 뭔 고생이여. 혹시 도우미 같은 거 알아봤으까?"

"그것도 알아봤는데 어렵더라고요. 동사무소고 구청이고 상담해 봤는데 나이가 젊어서 치매 서비스도 안 되고, 암튼 조건 미달이래요."

흥을 봐도 아랑곳 않고서 가스레인지 상판을 대충 닦은 두식이 담배를 꺼내 들고 대문 밖으로 나갔다. 이모도 일해야겠다며 두식을 따라 나갔다. 정오가 훌쩍 넘어선 시간이었다.

12시 15분에 도착한 기사는 두 곳의 일 처리를 끝내고 구만 구천 원을 청구했다. 카드로 계산을 마친 영화는 기사에게 명의변경과 감면 혜택이 있는지 물었다. 기사는 명의자 변경과 자동이체 통장 계좌까지 핸드폰으로 즉석에서 해결하더니 수급자 감면은 동사무소에 알아보라고 했다.

*

"동생 분, 오랜만입니다."

한 손에는 화장지를 다른 손에는 바가지와 빗자루가 담긴 파란 양동이를 들고 나타난 옆방 친구가 영화에게 예의 그 느린 톤으로 반갑게 인사했다. 영화는 오랜만이라고 인사하고서 어떻게 알고 가져왔냐며 양동이를 받아 들었다. 그는 다 좋은데 세탁기를 설치하면 베란다 물 쓰기가 영 불편할 거라고 했다. 재빨리 양동이를 받아든 두식이 화장실에서 물을 받아 베란다에 붓고서 빗자루로 쓱쓱 쓸어내렸다. 타일 틈새까지 밀던 두식이 큰 소리로 투덜거렸다.

"어떤 친군지 엄청 지저분하게 사용했네, 나보다 더한데?"

영화도 몸이 불편하거나 중증 환자가 살았을 거라고 생각하던 차였다.

"겨울에 누가 실려 갔다던데, 이 집인가 봅니다. 얼마 전에 가족이 와서 집을 뺐다고……."

외벽에 뚫린 에어콘 구멍에 신문지를 뭉쳐 넣던 옆방 친구가 특유의 느린 목소리로 나지막하게 말했다. 문득 영화는 며칠 전 한의원에서 침을 맞으며 침상에서 들었던 누군가의 통화 내용을 떠올렸다.

"긍께 그 동생이 결혼해서부터 신랑이랑 감푸게 살았제. 나가 영세민 만들어 주고 얼마 전에 중환자실에 있을 때도 다 보살폈디. 허무하게 그냥 가 버렸어. 나 수고비나 주고 가제. 암것도 안 남기고. 아, 하나님이 잘 거두시겠제. 죽을 때까정 하나님 믿었응께. 자식들이 신앙심이 있는 집안이라 돌볼 줄 알았는데 모른 척하데? 아니, 상은 치르고 갔어."

그 사람이 이곳에 살았던 건 아닌지, 얄궂다는 생각이 들었지만 영화는 이내 생각을 바꾸었다. 최근에야 병원에서 태어나고 죽지. 십오 년 전 아버지만 해도 집에서 돌아가셨고 장례도 집에서 지냈다. 어머니야 중환자실에 있다가 돌아가셔서 어쩔 수 없이 장례식장에 빈소를 차렸으나 그때만 해도 일반적이지 않았다. 칠 년 전이었던가? 기억을 더듬던 영화는 고개를 저어 생각을 털어 냈다. 깨끗하다! 두식이 베란다 청소를 끝내고는 영화에게 얼른 가라고 했다. 입주 신고까지 마쳐야 끝난다며 영화는 늦은 점심으로 짜장면과 탕수육을 시켰다.

    골목에 차를 주차시킬 때가 3시 30분이었다. 동사무소 입구에 선 영화는 두식을 향해 빨리 오라고 소리쳤다. 뒤늦게 차에서 내린 두식이 신발을 툭툭 차며 마지못해 길을 건너왔다.
    "내 집이나 마찬가지야. 다시는 이사를 안 해도 된다고."
    "모르겠으니까 그러지. 안 겪어 보면 모른다."
    벌써 몇 번째 반복하는지, 지친 영화는 옆방 친구를 상기시켰다. 옆방 친구가 도와줄 거라는 말에 두식의 얼굴에 반짝 화색이 돌았다. 영화는 오른손을 들어 언덕길 아래로 뻗은 길을 가리켰다.
    "저어기 큰길 보이지, 날마다 폐지 줍는다고 돌아다니던 곳이야. 먹자골목 입간판 보이잖아! 거기서 횡단보도를 건너면 오 분도 안 걸려. 학교 맞은편 아파트만 찾아가면 돼."
    두식이 영화가 가리킨 곳을 망연하게 바라보더니 이번에도 모르겠다고 고개를 내저었다.
    "주소나 적어 줘."
    "아, 진짜. 적어 주면 뭐해? 금방 잊어버리면서. 저번에 적어 준 건 어쩌고? 정 못 찾겠으면 길거리에서 자. 그래도 안 죽어!"
    더 이상 참지 못한 영화가 버럭 화를 냈다. 생각 같아서는 두식의 목에다 녹음기라도 걸어 주고 싶었다. 그러든 말든 두식은 먼 허공을 바라보며 너는 모른다고 웅얼거렸다. 너는 알아? 이사하는 데 돈이 얼마가 들었는지 알기나 하냐고? 영화가 터져 버린 화를 주체 못해 소리 지르자 이내 풀 죽은 목소리로 두식이 말했다.

"나야, 모르지."

이럴 땐 한시라도 빨리 두식을 안 보는 것이 최선이었다.

전입신고를 하고 관리사무소에 제출할 등본을 뗀 영화는 기초 수급자 창구로 가서는 세금 감면 서류를 작성했다. 직원이 도시가스와 한전의 고유 번호를 아는지 물었다. 영화가 모른다고 하자 그녀가 두 곳의 대표번호를 알려 주었다. 도시가스 번호를 먼저 확인하고 한전에 전화를 걸었다. 상담원이 전기세가 세 달치 밀렸다며 관리실에 가서 해결하지 않으면 두식에게 청구될 거라고 했다. 퍼뜩 영화는 엘에이치에서 전기세를 지불하고도 혹시 모를 일에 대비해 유보금을 저당 잡힌 사실이 떠올랐다. 그게 말이 안 되는 거 같은데요. 영화가 따져 묻자 상담사가 어린아이 가르치듯 또박또박 답변했다.

"전기세가 그렇게 딱, 날짜별로 끊어서 청구되는 게 아니에요. 고객님!"

영화의 목소리가 커진 건 그때부터였다. 이제 막 이사한 사람한테 쓰지도 않은 전기세를 해결하라니 말이 되냐고 따져도 상담원은 어쩔 수 없다는 말만 되풀이했다. 설전 끝에 영화는 통화 내용이 녹음되는지 물었고 상담원은 그제야 알아본 후에 연락하겠다고 했다. 그러는 동안 두식은 창가에 들이친 봄볕을 맞으며 소파 뒤로 고개를 젖히고서 단잠에 빠져 있었다. 어디로 들어왔는지 파리 한 마리가 벌려진 입술에 앉자 두식이 입을 달싹거려 오물오물 뭔가를 먹는 시늉을 했다. 일어나! 영화가 부르자 두식이 잠에서 깨서는 휘둥그레진 눈을 굴려 이리저리 살피더니 그제야 상황 파악이 됐는지 끝났냐고 물었다.

"관리사무소에도 들러야 해."

"거긴 또 왜? 나, 일해야 하는데."

두식이 동사무소를 나서는 영화를 따라오며 툴툴거렸다. 영화는 입을 꾹 다물고서 서둘러 차로 갔다. 시동을 켰을 때 데시보드 전자시계가 5시 5분에서 6분으로 넘어갔다.

*

전화기를 귀에 댄 두식이 부엌과 방문 사이를 오가며 알겠다고 금방 가겠다고 했다. 누군데? 누구긴? 윤 사장이지. 오늘은 쉬어. 길도 모르고 곧 어두워져. 영화의 말에 두식이 손목을 휙휙 저으며 얼른 가라고 했다. 그럼에도 영화가 그대로 서 있자 두식이 방바닥에 털썩 주저앉아 담배를 피워 물었다. 그제야 영화는 두식의 집을 나섰다.

아파트를 벗어난 영화는 큰길로 합류하기 직전 사거리에서 신호가 바뀌길 기다리며 핸드폰을 확인했다. 두 개의 메시지가 와 있었다. 오늘 일을 나올 수 있냐고 묻는 주점 사장의 메시지와 인강을 들어야 한다며 용돈을 보내 줄 수 있는지 묻는 딸아이 문자였다. 딸을 생각하면 한 푼이라도 벌어야 했다. 취직 시험에서 연거푸 떨어져서 이제라도 학원비를 대 줘야 하는 게 아닌지 걱정이었다. 일단 집에서 쉬고 나서 생각하자. 혼잣말로 중얼거린 영화는 고개를 들어 무심코 룸미러를 바라보다가 흠칫 놀랐다. 바로 뒤 횡단보도에 두식과 옆방 친구가 서 있었다. 두식이 보도 아래로 내려서서 과도한 액션을 취하며 뭔가를 열심히 설명했고 보도에 선 옆방 친구가 두식의 어깨를 잡고서 올라오라고 잡아당기는 중이었다. 두식이 그의 손을 뿌리치고 여전히 뭔가를 열심히 설명했다. 두식의 수다야 들으나마나 허세와 허풍일 것이다. 옆방 친구는 제멋대로 구는 두식을 향해 미소까지 지으며 제법 진지하게 말을 듣고 있었다. 어떻게 저럴 수 있지? 아무래도 영화는 옆방 친구가 수상했다. 영화는 조수석에 둔 손가방을 열어 두식의 도장과 주민등록증을 챙겼는지 확인했다. 내용물이 그대로였으나 영화는 룸미러에서 시선을 거두지 못하고 옆집 남자의 행동을 낱낱이 주시했다. 분명 두식을 데려다주는 저 행위에 어떤 불순한 의도가 숨어 있을 거라 단정 짓자 의심이 근거 없는 확신으로 바뀌었다. 두식을 태워야 하나? 영화가 잠시 망설이던 순간에 신호가 바뀌었다. 생각보다 발이 먼저 반응했다. 액셀을 밟아 속도를 낸 영화는 직진해도 되는 길 대신 핸들을 좌로 꺾었다. 이내 시야에서 두 사람이 사라졌다. 금세 그들을 잊은 영화는 집에 가서 쉬고 싶은 생각뿐이었다. 계기판 속 도계가 80을 넘어선 것도 모르고 영화는 액셀을 밟아 속도를 냈다.

한밤중에 민서는

22:30

이때쯤이면 주임은 말이 많아졌다. 주임은 변덕쟁이에 수다스러웠고 허언증까지 있었다. 그는 한밤중에 천장에 뚫린 어둑한 환풍구를 바라보며 달토끼가 보인다고 말했다. 에이, 뻥치지 마요. 마음 같아서는 그렇게 말하고 싶었지만 민서는 꾹 참고 고개를 주억거렸다. 그러면 그는 더 신이 나서 졸라맨의 유래에 대해 주절거렸다.

"암스트롱의 진짜 임무가 뭔지 알아? 그의 임무는 달토끼에게 피로 회복제를 주고 오는 거였대. 안 믿긴다고? 믿어야 보여. 혼자서 밤에 공장을 지키다 보면 말이야, 가끔씩 천장에 있는 환풍기가 멈추곤 해. 저어기 가운데 환풍기 사이를 잘 살펴봐. 글쎄, 달토끼가 커다란 방아를 왼손에 쥐고서 오른손으로는 피로 회복제를 마시고 있다니까. 피로할 땐 역시 박카스가 최고지. 언젠가는 TV에 달토끼가 모델로 나오게 될 거야. 우리처럼 이렇게 금형을 찍어 내며 박카스를 선전하면서 박카스! 피곤할 땐 박카스를 나누세요. 그러면서 전설의 옥토끼도 세대

교체가 되는 거지. 앞으로는 슈퍼토끼가 달을 지키게 될 거야. 하나 더 마실래? 철야 시간에는 두 개는 마셔야 졸리지 않아. 중독되면 어떻게 하냐고? 졸려 죽는 것보단 낫지. 졸라맨 알지. 아, 졸리다. 졸리다 생각하다 보면 졸라하고 발음이 안 될 때가 있어. 피곤하면 혀도 둔해지거든. 졸라맨도 그래서 탄생했을 걸. 누군지 모르겠지만 아마도 그림쟁이였을 거야. 마감은 임박했지 그림은 안 그려지지 에라 모르겠다. 막 끄적인 거야. 기운은 없고 졸리고 연필심은 툭툭 부러지고. 화가 나서 팔다리를 뚝뚝 꺾었을 걸? 그러면 죽는 거 아니냐고? 에이, 어린 거야? 순진한 거야? 그림인데 뭐 어때. 그렇다고 내가 죽을 순 없잖아. 졸려 죽는 것보단 캐릭터가 대신 죽는 게 훨 낫지. 인간이 원래 잔인해. 괴롭히다 보니까 졸음이 싹 가신 거라. 넌 남 안된 일에 막 웃음이 나고 그런 적 없어? 좆나 졸린다고 해 봤자 더 졸려. 따라해 봐, 좆나 졸려 좆나맨. 웃기지? 안 웃겨? 그래, 그렇게 웃어야지. 그래야 철야 작업을 할 수 있어. 암튼 박카스 하나 더 마시고 힘내자고!"

주임은 한입에 박카스를 털어 넣고서 천장을 올려다보며 하이 토끼야, 하고 손까지 흔들었다. 그는 볼 때마다 제정신이 아닌 것 같았다. 특히 한밤중에는 더 그랬다. 아무리 살펴도 천장에는 토끼는커녕 토끼 모양의 그림자도 보이지 않았다. 그래도 괜찮았다. 주임이 웃으면 함께 웃을 수 있었고 웃고 나면 조금은 피로가 풀리기도 했으니까. 말이라는 게 참 이상했다. 자꾸 듣다 보니 진짜 토끼가 있을지도 모른다는 생각마저 들었다. 야밤에 달토끼가 함께 일한다고 생각하면 친구가 생긴 것 같아 왠지 모르게 든든하기까지 했다. 하지만 그런 밤은 아주 잠깐이었다. 주임이 웃을 때는 토끼를 쳐다볼 때뿐이었다. 노후된 프레스기는 하루에도 서너 번씩 고장이 났는데 하필이면 야밤에 그것도 단둘이 있을 때 자주 멈추었다. 그때마다 주임은 엉뚱하게도 민서에게 화풀이를 했다. 막 때리거나 그러지는 않았는데 자꾸 이상한 말로 민서를 괴롭혔다.

"미친놈. 믿을 걸 믿으라지. 내가 그렇게 호구로 보여? 좆같네. 어딜 간 거야? 금방 돌아온다며. 더러운 새끼야, 얼른 오지? 안 와? 좆같이 아무것도 아닌 것이, 지저분한 입으로 쪼아 대니까 좋냐? 쪼다 새끼."

민서는 시끄러운 기계음에 맞춰 실컷 욕하다가 아차 싶어 주변을 둘러보았다. 아무도 없었다.

"혼자 있으니까 좋네, 뭐."

민서는 주임처럼 아무 말이나 중얼댔지만 그것도 이내 시들해졌다. 한밤중에 넓은 공장에서 혼자 일하는 것은 난생처음이었다. 어쩐지 으스스한 게 어둠 속에서 무언가 툭 튀어나올 것만 같아 민서는 일하는 도중에도 자꾸만 주변을 두리번거렸다.

23:15

작업대에 쌓인 물건을 한쪽으로 치우려고 민서가 몸을 우측으로 돌린 순간이었다. 어디선가 대형 트레일러 바퀴가 펑크 난 듯 굉음이 들려왔다. 뭐지? 하는 순간에 바닥이 흔들렸다. 지진이라도 난 줄 알고 민서는 머리를 두 손으로 감싼 채 프레스기 아래로 납작 엎드렸다. 이어 전등이 몇 번 깜빡이더니 정전이 됐다. 공장은 칠흑처럼 어두웠다. 얼마쯤 지났을까? 여진은 없었다. 민서는 조심스럽게 일어나서 손을 비벼 먼지를 털어 내고 주머니에서 핸드폰을 꺼냈다. 플래시를 켰으나 촛불처럼 흔들리는 불빛은 바닥을 겨우 비추었다. 어둠에 곧 잠식당할 것처럼 위태로운 빛에 기대어 민서는 조심스럽게 출구 옆 단자함으로 갔다. 단자함 뚜껑을 열자 털커덕 소리가 공장에 울려 퍼졌다. 소음이 사라진 공장은 작은 소리도 크게 되돌려 놓았다. 전체 전원 스위치를 올렸다. 차단기가 곧바로 아래로 떨어졌다. 두 번째 라인 중간 스위치가 말썽이었던 게 생각나 민서는 첫 번째 라인 스위치만 켜고 다시 차단기를 올렸다. 전류가 흐르자 미묘한 전파음이 발생했다. 전원이 연결된 안쪽 기계에 전원 등이 켜졌다. 어둠 속에 전원 등은 무리에서 떨어져 혼자서 떠도는 반딧불이처럼 빛이 났다. 전등은 입구 쪽만 켜져서 안쪽은 여전히 어둑했다. 어둠의 농도가 옅어지자 시커먼 기계들이 점차 형체를 드러냈다.

민서는 귀신의 집에라도 들어선 듯 으스스한 기분이었다. 멈춘 기계를 작동시켜야 했지만 높이 올라간 펀치를 보니 더럭 겁부터 났다. 무쇠 펀치는 금방이라도 떨어질 절굿공이처럼 일시 정지 상태로 허공에 떠 있다. 금세라도 툭 아래로 떨어질 것 같아 아슬아슬해 보인다. 설핏 고개를 돌리면 주변의 기구들이 살아 움직여 민서에게 다가설 것 같다. 두려움에 몸을 웅크리고 있자니 퍼뜩 주임의 말이 생각났다. 혼자서 공장을 지키다 보면 달토끼가 보일 거야. 설마하면서도 민서는 슬며시 눈을 치뜨고 천장을 올려다보았다. 가운데 환풍구 사이로 한 줌의 달빛이 스며들고 있었다. 그럼 그렇지 토끼는 무슨. 그때였다. 어디선가 삐걱, 하는 소리가 들려왔다. 민서는 주변의 어둠을 주시했다. 야옹이니? 이럴 땐 길고양이라도 옆에 있었으면 싶어 불러 보았지만 아닌 것 같았다. 이번에는 좀 더 가까이서 삐걱했다. 소리는 점차 커지더니 일정한 리듬을 탔다. 천장에서 나는 소리였다.

"달토끼가 있을 리가 없잖아."

민서는 보고도 믿을 수 없는 광경에 혼잣말로 중얼거렸다. 설핏 스친 형체가 아니었다. 민서가 눈을 끔뻑이고 다시 살폈다. 토끼가 분명했다. 자그맣고 예쁜 옥토끼가 아니라 주임이 말한 슈퍼토끼였다. 천장을 가로지르는 호이스트 후크에 매달려 토끼가 그네를 타고 있었다. 두렵기도 했지만 혼자가 아니라는 반가움에 민서는 토끼를 향해 살짝 미소 지었다. 토끼는 반응이 없었다. 놀이에 심취한 듯 와이어에 매달려 그네를 타느라 민서에게 눈길조차 주지 않았다.

"어떻게 할까?"

민서는 혼잣말처럼 중얼거렸지만 실은 토끼가 무슨 말이라도 해 주길 바라서였다. 이번에는 용기를 내어 곧장 물었다. 그곳 기계도 고장이 나? 그래서 놀고 있는 거야? 그러자 리듬이 뚝 끊겼다. 공장은 다시 적막과 어둠이 점령했다. 달토끼도 환풍구 사이로 비추던 달빛도 보이지 않았다. 헛것을 보았나? 민서는 고개를 뒤로 젖히고 천장을 이리저리 살피다가 엉덩방아를 찧었다. 넘어진 김에 민서는 바닥에 벌러덩 누워 버렸다. 분명 토끼였어. 달빛을 타고 이동한다면 시간 여행도 가능할까? 어둑한 천장을 바라보며 민서는 팔다리를 위로 들어 올리고서 중얼거렸다. 이대로 침대로 이동했으면…… 공중 부양이라도 하고 싶었다. 문득 낮에 휴게실에서 잠깐 본 잡지의 한 장면이 떠올랐다. 어느 포토그래퍼가 찍은 사진 속에서 젊은 남녀 두 명이 서로를 향해 훌쩍 뛰어오르고 있었다. 접혀진 다리와 나는 듯한 팔과 서로를 향해 활짝 웃어 보이는 모습이 한 쌍의 새처럼 보였다. 이미지 속 그들은 이미 허공을 나는 자유로운 새였다. 티지 타베우니에 있는 날짜변경선을 건너뛴 모습이었다. 두 사람은 날짜변경선을 건너뛴 것이 아니라 오늘과 어제의 경계를 벗어난 것 같았다. 민서는 그곳에서 건너뛰면 무엇이 보이는지 궁금했다. 날짜변경선은 런던 그리니치 천문대와 피지 타베우니 두 군데에 있는데 지구를 세로로 관통하면 두 곳은 직선을 이룬다고 한다. 민서는 첫 번째 여행지를 피지 타베우니로 정했다. 두 번째는 북극으로 가 오로라를 구경하고 싶다. 가능할까?

어릴 때 민서는 꿈이 많았다. 얼른 커서 취직하는 게 목표였다. 돈을 벌어 엄마 병원비를 대고, 나라 용돈도 주고, 여친도 사귀고, 조금씩 저축해서 차도 사고. 노력만 하면 원하는 것은 뭐든지 할 수 있을 줄 알았다. 하지만 지금 민서는 더 이상 희망하지 않는다. 꿈은 이루기 어려운 거라는 걸 너무 일찍 알아 버린 것이다. 곧 자정이 된다. 이쪽과 저쪽의 경계가 있기는 할까. 민서는 초를 재며 다가오는 생일을 혼자서 맞이한다. 아무도 축하해 주지 않는 성인이 되는 날, 바라는 것은 단지 하나뿐이다. 작동을 멈춘 저 고집 센 고장 난 프레스기가 무탈하게 돌아가길 원한다.

어른이 되기도 전에 민서는 일찍부터 답답하고 암울한 현실에 직면했다. 엄마는 오후 다섯 시경에 응급실로 실려 갔다. 며칠 전부터 허리 통증을 호소하더니 결국 구급차를 불렀다며 나라가 카톡으로 알려 왔다. 이 년 전부터 의사는 디스크 파열이라고 수술을 권했지만 엄마는 치료를 자꾸만 미루고 있었다.

오빠! MRI 찍어야 하는데 선납이래.

나라가 잠도 못 자고 병원 상황을 실시간으로 전하고 있지만 민서는 답을 할 수가 없다. 사장은 이번 납품이 끝나면 밀린 월급을 주겠다고 한다. 아무것도 모르는 나라는 병원비를 재촉하고 기계는 멈추었다. 그렇다고 쉴 수도 없다. 잠을 자고 싶지만 공기를 마치지 못하면 사장이 가만있지 않을 것이다.

퇴근 시간이 임박해서였다. 민서는 병원비를 말해 보려고 적절한 타이밍을 살피고 있었다. 사장이 사무실을 나설 때 주임이 한발 앞서 그에게 뛰어갔다. 두 사람이 사무실로 들어가자 민서는 사장에게 어떻게 돈 이야기를 꺼낼지 혼자서 연습했다. 저 가불 좀. 저, 엄마 병원비가 급해서 그러는데요. 저, 제 월급 밀린 거…… 주임과 사장이 다시 나오자 민서는 사장에게 다가가 쭈뼛거렸다. 이번에는 사장이 선수를 쳤다.

"아, 허 군. 자네는 이번 납품 마치면 곧바로 밀린 임금 해결해 줄게. 걱정 말고 조금만 기다려."

민서가 머뭇거리자 이번에는 주임이 얼른 대답하라고 채근했다. 네. 민서가 마지못해 대답하자 주임은 저 혼자 신나서 사장의 뒤통수에 대고 구십도 인사를 했다. 그러더니 사장의 차가 공장 입구를 빠져나가자 누군가와 통화를 했다. 어, 난데. 곧 갈게. 어, 어. 주임은 자신이 사장이나 된 듯이 점퍼 깃을 세우더니 민서의 어깨를 다독거리며 말했다.

"아가야! 내가 볼일이 있어서 잠깐만 나갔다 올게. 무슨 일 있으면 바로 전화해! 알겠지! 힘들면 달을 쳐다봐. 달토끼는 방아 대신에 프레스기 펀치를 들고 있어. 시절이 바뀌었으니 당연한 일이지. 사람들이 왜 달에 간 줄 알아? 사실은 프레스기를 설치하러 간 거야. 슈퍼토끼를 만들었거든. 토끼한테 일거리 다 뺏기고 싶지 않으면 열심히 잘해."

콧노래를 흥얼대며 나간 주임은 자정이 다 되도록 감감무소식이다.

기계가 고장 났어요. 어떻게 해요?

민서는 주임에게 문자를 보내 놓고 폰 화면만 빤히 들여다본다. 평소 같으면 당장이라도 전화를 걸어 욕부터 해 댔겠지만 구석진 곳에서 밀린 잠이라도 자는지 답이 없다. 어디선가 목소리가 들려온다. 전원만 켜면 되는데. 겁쟁이군. 넌 이제 성인이야. 한 가정의 가장인데 엄마를 책임져야지. 누구야? 달토끼야? 고개를 들어 주변을 살폈지만 어슴푸레한 어둠뿐이다. 민서는 앉았던 자리에서 벌떡 일어나 계기판 앞에 섰다. 후욱, 숨을 삼킨 민서는 용기를 내 작동 버튼을 눌렀다. 투둑 소리가 들렸을 뿐 기계는 꼼짝하지 않았다. 한숨을 내쉰 민서는 다시 컨테이너 상자에 주저앉아 두 팔로 무릎을 감싸고는 머리를 기댔다. 기름때로 얼룩진 주황색 후드 티에도, 원래의 색을 잃은 청바지에도, 아직 앳된 얼굴에도 고단한 삶을 지나온 노인의 골 깊은 주름 같은 노곤함이 배어 있다. 왜, 전화했어? 민서는 기계가 멈췄다고 웅얼거렸다. 오작동 센서를 꺼 놓고 작동시키면 될 거야. 그래도 돼요? 쪽잠에서 깬 민서가 벌떡 일어나 주변을 살폈다. 아무도 없었다. 폰을 살폈지만 그대로였다. 민서는 계기판 앞 왼쪽에 있는 오작동 방지용 센서 등을 껐다.

00:50

시작 버튼을 누르자 프레스기가 덜컹거리며 움직였다. 공장에 다시 소음이 일었다. 절굿공이가 내려와 쿵덕하고 원단을 내리쳤다. 상판이 올라가고 하판에 물렸던 원단이 절단되어 나왔다. 민서는 생산품을 적재함 위로 쌓았다. 컨베이어 벨트가 돌아가며 다음 원단을 밀어 넣었다. 악어처럼 아가리를 벌려 원단을 삼킨 프레스기가 생산품을 뱉어 냈다. 민서는 생산품을 옮기느라 벌건 눈을 연신 끔뻑이며 손을 놀렸다. 눈을 치떠도 자꾸만 눈꺼풀이 내려와 저절로 눈이 감겼다. 박카스라도 마셔야 했나? 생각해 보니 오늘 밤에는 야식으로 나오던 빵도 박카스도 없었다.

주임은 철야 때마다 박카스 두 개는 마셔야 졸리지 않는다고 했다. 피로 회복제를 두세 병 마신 날 주임은 기분이 좋아 보였다. 그렇지만 방심은 금물이었다. 변덕이 심한 주임은 순식간에 돌변해서 언제 꼬투리를 잡을지 알 수 없었다. 어느 날, 민서는 박카스를 마시다 말고 무심코 뚜껑을 닫았다. 뭐야, 왜 마시다 말어? 그게 아니라 맛이 좀. 민서는 말해 놓고서 아차 싶었다. 심하게 구겨진 주임의 얼굴은 이미 벌겋게 달아오른 뒤였다.

"내가 이상한 거라도 섞었단 말야?"

"아, 아닙니다. 가 감기가 와, 와서. 맛을 잘……"

"너어, 이이이 새끼, 사수를 못 믿고 의심을 해? 무조건 믿어야지. 아아아 안 그래? 미미미 믿어, 안 믿어?"

주임은 화가 나면 말을 더듬었다. 차라리 때리면 맞는 것이 나을 것 같았지만 주임은 때리지도 않으면서 폭언을 일삼았다. 상대방의 기분을 상하게 하는 것이 목적인 양 속이 풀릴 때까지 거침이 없었다.

"와아아아아, 가아아아아아. 와아아아아, 가아아아아아. 어쭈 아아아 안 가? 아아아 안 와? 자식 니가 그그그 그러니까 복이 없는 거야. 아아아 아버지도 없지? 어어어 엄마도 벙어리고."

주임의 화가 풀릴 때까지 말대꾸는 절대 금지였다. 한마디 했다간 백 마디가 되돌아왔다. 차라리 몇 대 얻어터지고 말지 싶었다. 그럴 때마다 민서는 최면을 걸었다. 나는 민서가 아니다. 민서의 그림자다. 그림자가 밟힌다고 영혼이 상할 리가 없다. 민서는 아픔을 느끼지 못한다. 그러고 나면 정말 그런 기분이 들었다. 그럼에도 혼자가 되면 가슴 한쪽이 당기고 결렸다. 학교에 다닐 때만 해도 그럴 땐 게임을 했다. 심즈에서 원하는 대로 집을 짓고 여친도 만나고 사랑도 하고 나면 기분이 좋아졌다. 공장에 들어와서는 게임할 시간도 없었지만 일단 의욕이 없었다. 한 달에 한 번 쉬는 날에는 비 맞은 빨래처럼 축 늘어져서 휴게실 이층에 있는 간이침대에서 종일 잠만 잤다. 자고 나면 식은땀으로 온몸이 축축해서 옷이 다 젖었다. 이대로 버티다가 죽을 것 같았다. 그때마다 민서는 고3 담임의 말씀을 떠올렸다. 선생님은 실습생으로 나가는 반 친구들에게 그렇게 말했다. 인생은 견뎌 내는 것이다. 힘들고 어려워도 무조건 버텨야 한다.

"나무의 색은 원래 흰색이었다. 태초에 지구에 불이 났을 때, 환경에 적응하느라고 지금처럼 검붉은 색을 갖게 된 것이다. 적응한 동식물이 지구상에서 살아가고 있는 것이다. 눈밭에 사는 북극곰이 흰색을 유지하는 것도 마찬가지다. 나무도 곰도 생존을 위해 견디는 것이다. 견뎌야 한다. 견디는 자가 살아남는다. 무조건 버텨야 산다. 명심하도록."

줄줄 외울 정도로 되새긴 말이었다. 하지만 의문이 든다. 죽을 것 같아도 견디는 게 맞는 걸까? 한밤중에 민서는 도무지 갈피를 잡을 수가 없다. 이럴 때는 주임이 말도 안 되는 허풍이라도 떨었으면 좋겠다. 그는 도대체 어디에 있는 걸까? 잠깐이면 된다더니 몇 시간째 소식이 없다. 졸음이 쏟아져 미칠 지경이다. 투둑, 어디선가 둔탁한 소리가 들려왔다. 어둠 저쪽을 응시하지만 아무것도 보이지 않는다. 으스스한 기운에 오싹 소름이 돋는다.

민서는 어릴 때 했던 공포 체험을 떠올렸다. 초등학교 3학년 때 놀이공원으로 체험 학습을 간 적이 있었다. 귀신의 집 앞에서 줄 서 있는 동안 선생님이 안내원의 말을 잘 들으라고 환기시켰다.

"귀신의 집은 가짜예요. 그래도 심장이 약한 친구들과 겁이 많은 친구들은 들어가지 마세요. 귀신들이 무서워서 기절할지도 몰라요."

안내원의 말을 듣고 몇 명의 아이들이 주춤주춤 뒤로 물러섰다.

"선생님이 가짜라고 하잖아. 겁쟁이. 난 하나도 안 무서워."

한 아이가 나서자 두려움 없는 일부 아이들이 앞다투어 줄을 섰다. 하지만 막상 큰소리치던 아이들도 귀신의 집에서는 대부분 자지러질 듯이 비명을 질러 댔다. 비명을 지르지 않는 친구는 거의 없었던 것 같다. 두렵기는 민서도 마찬가지였다. 그렇지만 민서는 몇 번의 한숨을 내쉬었을 뿐 가만히 어둠을 응시했다. 어둠 속에서 불쑥 튀어나온 기다란 손톱이 민서를 할퀼 것처럼 다가와도, 소복을 입은 귀신이 긴 머리카락을 흩트리며 흐흐흐 웃을 때도, 소리 지르거나 울지 않았다. 체험이라고 다 가짜라고 했으니까. 어둠에 익숙해지자 눈을 똑바로 뜨고 어디서 무엇이 튀어나올지 사방을 주시했다. 한 귀신은 플래시로 자신의 얼굴을 비추고 있었다. 민서가 눈을 부릅뜨고 귀신을 노려보자 오히려 귀신이 당황한 듯 주춤주춤 길을 비켜 주었다. 눈에 보이는 것이 오히려 공포감을 줄여 준다는 사실을 민서는 어린 나이에 깨달았다.

그날 이후로 민서는 공포 체험을 놀이로 생각했다. 집에서 하는 공포 체험은 귀신의 집보다 더 실감 나고 무서웠다. 나라의 아버지인 김 씨는 술에 취하면 자식도 몰라보고 고래고래 소리 지르고 때리고 죽이겠다고 위협까지 했다. 그런 밤이면 나라는 장롱 안 이불 속으로, 민서는 베란다로 가 헌 상자 속으로 숨었다. 괴성이 오가고 물건들이 부서지고 흐느낌이 들려와도 민서는 두 손으로 귀를 막고서 숨소리를 죽였다. 너무 무서운 날에는 마법이 통하길 바라며 주문을 외웠다. 도마칼도마칼도마칼…… 주문은 효과가 있어서 다음 날 아침이면 엄마의 칼질 소리가 들려왔다. 벌떡 일어나 보면 이불을 다 걷어찬 나라가 옆에서 자고 있었다. 나라에게 이불을 덮어 준 민서는 방문을 열고 나가 거실을 살폈다. 이불을 덮은 김 씨가 코를 드르렁거릴 뿐 주변은 말끔했다. 낡은 상자는 창밖 베란다에 얌전히 놓여 있었고 거실도 깔끔하게 정리되어 있었다. 모든 것이 꿈인가 싶을 정도로 말끔했다.

고1 여름밤에 베란다 문을 내다보던 민서가 문득 김 씨가 생각나 나라에게 물었다. 어릴 때 공포 놀이 했던 거 생각나? 나라는 모른다고 했다. 밤마다 너는 장롱에 숨었고 나는 상자에 숨었잖아. 나라는 눈을 끔벅이며 민서를 빤히 쳐다보더니 꿈꾼 거 아니냐고 전혀 기억에 없다고 했다. 이거 봐 장판 곳곳에 패인 자국이 있잖아. 싱크대도 오래된 컴퓨터 책상도 흠집투성이야. 그거야 낡았으니까 그렇지. 나라는 시큰둥하게 대답하며 핸드폰으로 유튜브를 보더니 크크크 웃었다. 나라가 네 살 무렵이었으니까. 기억하지 못할 수도 있겠다고 생각했다. 민서도 생각나지 않는 게 있다. 김 씨가 언제부턴가 보이지 않았는데 엄마에게 물으면 무조건 도리질을 하며 모모모 라, 하며 시선을 피했다. 엄마가 허리를 다쳐 한동안 병원에 입원했던 적이 있었잖아 그때부터 아저씨가 없었는데, 왜 기억이 안 나지? 그러면 엄마의 얼굴에 수심이 가득했다. 그늘진 엄마의 얼굴이 보기 싫어 이후로 민서는 그가 어디로 떠난 거라고 생각했다.

왜, 읽씹이야?
답장 좀 해.

나라는 잠도 안 오는지 계속 카톡을 보내고 있다. 아, 씨팔. 신물난다. 민서는 저도 모르게 튀어나온 말에 깜짝 놀랐다. 신물. 어디서 들었던 소리였다. 곰곰이 생각해 보니 공장에 처음 들어왔을 때 전임자가 했던 말이었다. 전임자가 업무를 인수인계하고서 민서에게 말했다. 금방 신물 날 걸요? 그때 민서는 오직 제 손으로 돈을 벌 수 있다는 사실에 들떠 있었다. 세 달이 지난 지금 민서는 저도 모르게 전임자가 한 말을 따라하고 있었다. 시팔, 돈도 안 주고. 민서는 제 머리를 쥐어뜯으며 중얼거렸다.

이틀 전, 민서는 사장에게 밀린 임금에 대해 말을 꺼냈다가 거절당했다. 미지급액이 벌써 백이십만 원이었다. 첫 월급날에 사장이 민서를 사무실로 부르더니 기초 수급자냐고 물었다. 민서가 고개를 주억거리자 사장은 누가 물으면 아르바이트생이라고 둘러대라고 했다. 그러면 통장으로 백만 원을 입금시키고 나머지는 며칠 뒤 현금으로 따로 주겠다고 했다. 그렇지 않아도 엄마 병원비와 약값은 수급자가 아니면 감당할 수 없는 금액이라고 주변에서들 말해 줘서 고민하던 민서였다. 그때는 정말 좋은 사장님을 만났다고 생각했다. 그런데 두 달이 지나도 사장은 나머지 임금 지급을 차일피일 미루다가 나중에는 딴소리를 했다. 수습 기간이 지나면 한꺼번에 주겠다더니 삼 개월이 지났는데도 돈은 안 주고 이런저런 핑계만 댔다.

사장은 말과 행동이 달랐다. 그는 기계가 고장 나 작업에 차질이 생기면 장난 아니게 화를 냈다. 최신 프레스기를 사야겠다고 투덜거리고, 빨리 고치라고 주임을 다그쳤다. 심지어 주임이 수리를 못하면 폭력을 휘둘렀다. 도로 한복판에 서 버린 차에 화풀이하듯 주임을 발로 차거나 넘어뜨리기도 했다. 주임은 개처럼 낑낑거리며 사장의 발길질을 그대로 견뎌 냈다. 민서는 말리지도 못하고 구타 장면을 고스란히 지켜보고 서 있었다. 당장에라도 일을 그만두고 싶었지만 선생님의 당부가 생각나 꾹 참고 있었다. 사회생활은 무조건 견디는 거라고 했다. 아니꼽고 더러워도 견뎌야 한다고. 정 그만두고 싶으면 일 년만 버티라고 했다.

01:00

사장이 전화를 걸어와 대뜸 소리부터 질렀다.

"왜 이렇게 전화를 늦게 받아? 주임은? 뭐, 화장실? 이번 납기일 꼭 지켜야 하는 거 알지? 생산량 차질 생기면 둘 다 모가지야."

사장은 제 말만 하고서 전화를 끊어 버렸다. 통화 말미에 사장의 중얼거리는 소리가 고스란히 들려왔다. 내가 다시는 가불해 주나 봐라. 어디서 또 술 처먹는 거 아냐? 사장은 철야 때마다 새벽 한 시에 전화를 걸어와 작업 상황을 확인했다. 주임도 그 사실을 모를 리가 없었다. 민서는 성급한 사장이 지금이라도 공장으로 달려오지 않을까 걱정됐다. 센서를 꺼 놓고 작업한 걸 알면 사장은 뭐라고 할지, 생각만 해도 다리가 후들거린다.

주임은 이제 핸드폰까지 꺼 놓았다. 그는 종종 센서를 끄고서 작업을 했다. 그래도 되냐고 물으면 주임은 새까맣게 어린 게 뭘 아는 척이냐며 이죽거렸다.

"민서, 너 성이 허 씨라고 했지? 대기업에서 널 왜 안 받아 준 줄 알아? 넌 아버지가 없잖아. 엄마가 허 씨라고? 딱 봐도 넌 인도계야. 아님 파키스탄이든지. 인도나 파키스탄이나 원래는 한 나라였다지? 너무 기죽지는 말고. 허 씨도 가야국 수로왕 부인인 허황옥이 시조잖아. 그쪽은 말이지, 눈이 커서 어쩐지 겁이 많게 생겼어. 피부는 구리빛에 어딘지 비율이 어색해."

주임의 말은 듣다 보면 그런 것 같기도 해서 민서가 동의하듯 고개를 주억거리면 이번에는 엄마를 걸고넘어졌다.

"너네 엄마가 벙어리라며 아아아가, 아아아가, 하고 부르지. 그것도 삑사리 나게. 그러니까 와와와 가가가 하는 거야. 너 별명은 이제부터 와가야. 아가, 와아아 가아아. 어쭈 안 와? 이리 오라잖아. 그냥

한밤중에 민서는 51

저리 가라."

그러면 민서는 어쩔 줄 몰라 하며 오지도 가지도 못하고 어정쩡한 자세로 서 있었다.

"그래요. 주임님, 엄마와 저를 놀려도 상관없어요. 그러니 제발 돌아오세요. 네? 주임님!"

민서의 간절한 외침이 공장에 울려 퍼지다가 이내 어둠 속으로 흩어졌다.

"니 말이 다 맞다고, 씨팔. 됐냐? 그러니까, 제발 돌아와라. 쫌!"

고래고래 욕을 해도 소용없었다. 뺨 위로 눈물이 흘러내렸다. 민서는 이대로 공장에 갇힌 건 아닌지 덜컥 두려웠다.

01:25

기계 소리가 이상했다. 생산품을 살펴보니 왼쪽 가장자리에 스크래치가 나 있었다. 옮겨 놓은 생산품도 전부 불량이었다. 여태 헛일을 한 것이다. 사장은 원단 값을 월급에서 까겠다고 야단일 것이다. 불량이 발생하면 주임은 스크래치 난 부분을 그라인더로 갈아 내고서 에어를 분사했다. 구경만 했지 직접 해 본 적은 없었다. 민서는 전원을 끄고서 하판 다이 위로 올라섰다. 상판에 닿지 않게 몸을 최대한 접고서 홀더를 내려다봤다. 어둑해서 아무것도 보이지 않았다. 왼손으로 핸드폰 플래시를 켜고, 오른손으로 그라인더를 들자 중심 잡기가 어려웠다. 민서가 포기하고 상판에서 내려왔을 때 연달아 카톡이 울렸다.

대답 좀 하라니까.

자는 거야?

걱정 마, 오빠가 어떻게든 해 볼게. 민서가 손가락을 움직여 답장을 쓰려 했으나 자꾸만 오타가 났다. 미치겠다. 민서는 MRI 비용을 검색했다. 삼십만 원에서 팔십만 원으로 병원마다 비용이 다르다고 했다. 지긋지긋하다. 정말이지 신물이 난다. 선 채로 눈을 감는다. 와아아 가아아. 네가 왜 와가인지 알아? 주임이 놀려 댄다. 민서는 감았던 눈을 번쩍 뜬다.

개새끼. 민서는 욕을 하며 와가를 검색했다.

와가 – 식당.

와가 – 지붕의 한 형태.

와가 – 파키스탄과 인도네시아의 국경 지역.

민서는 와가 지역에 대한 어느 블로거의 여행기를 살폈다.

와가 지역에서는 매일 국기 하강식이 열린다. 양측 군인들이 닭 볏처럼 생긴 모자를 쓰고 과장된 몸짓으로 하강식을 한다. 파키스탄 쪽은 검은색이고 인도 쪽은 붉은 모자를 썼다. 군인들은 근엄하지 못하고 우스꽝스럽다. 쿡, 웃음이 새어 나온다. 이렇게 웃어도 되는지 반성하다가 다들 웃고 떠들어서 마음 놓고 응원했다. 그들은 편을 가르지 않고 환호성을 지른다. 청군 백군 나누다가 운동회가 끝나면 머리띠를 벗어 던지고 함께 집으로 돌아가는 학생들의 운동회 같은 분위기다. 관광객들은 국기 하강식을 보기 위해 와가 지역을 찾는다. 양쪽 군인들은 복장만 다르게 하고 같은 동작을 거행한다.

민서는 아래 동영상을 클릭했다. 검은 화면에 시끄러운 소음이 먼저 들려온다. 이어 화면이 뜨고 국기 하강식을 구경하는 인파가 보인다. 양쪽의 군인들이 진지하게 식을 거행한다. 엄숙하다기보다 우스꽝스러운 축제 같다. 관람객 모두가 환호성을 지르며 하강식을 응원한다. 북쪽보다는 남쪽에 사람들이 더 많다. 인도와 파키스탄은 옷만 다르게 입었지 생김새도 행동도 서로 비슷하다. 민서는 화면에 보이는 관람객들을 자세히 살핀다. 그들 모두가 어딘지 모르게 한 군데씩 자신과 닮아 있다. 눈, 코, 입, 비율이 안 맞는 어색함까지. 그제야 민서는 주임이 인도계라고 놀리는 이유를 알 것 같다.

민서는 아버지가 없다. 그런 민서에게 사람들은 다문화 가정 아니냐고 대놓고 물었다. 눈이 크고 피부가 검다는 이유였다. 한국인이에요. 민서가 대답하면 이번에는 한국인이라는 사실에 더 놀라 질문 공세가 이어졌다. 부모님, 아님 혹시, 조상 중에 누구라도 섞인 거 아냐? 그들이 무심코 내던진 말에 민서는 기가 죽었다. 엄마는 고아원에서 자랐다. 벙어리에다 수화도 배우지 못한 엄마는 고아원에서 나온 뒤로 식당을 전전하며 살았다고 했다. 이 또한 의붓아버지가 술주정 삼아 했던 말이라 사실 여부를 확인 할 수가 없다. 김 씨는 엄마가 일하던 식당의 손님이었다. 어느 날 그는 테이블에서 술을 마시고는 엎어진 채로 잠이 들었다. 그런 김 씨를 엄마가 집으로 데려오면서 함께 살게 된 것이다. 어느 날, 동생이 태어났다. 이름이 나라이다. 김나라. 나라는 이름 때문에 아이들이 놀린다고 어린이집 친구들과 자주 싸웠다. 내가 다 생각이 있어서 지어 준 이름이야. 김 씨는 나라에게 기죽지 말라고 큰소리쳤다. 김 씨는 말한 대로 이루어질 것이라는 나름의 믿음을 가지고 있었다. 믿는 만큼은 아니어도 그 언저리라도 맴돌라는 뜻으로 거창하게 나라의 이름을 지었다고 했다. 하지만 김 씨는 술에 취하면 믿음과는 정반대로 행동했다.

"빨리 죽어야지. 암 죽어야 해. 이렇게 살아서 뭐해."

술상에 고개를 처박고 꾸벅거리며 졸던 김 씨는 잠에서 깨면 고래고래 소리를 질러 댔다.

주임은 시간 여행이 가능하다고 했다.

"믿으면 가능하다니까? 넌 어디로 가고 싶어? 잘 생각해 봐. 행복했던 때가 있었을 거 아냐. 간절히 기도하면 신이 들어줄 거야. 하지만 딱 한 가지 조심해야 할 것이 있어. 어떤 작가가 시간 여행자를 위한 사소한 배려를 했는데 시간 여행자들은 그 배려 때문에 타임 루프에 갇히게 돼. 계속해서 죽음을 되풀이하다니 그건 생각만 해도 끔찍한 일이야. 시간 여행을 한다면 타임 루프를 조심하라고. 명심해!"

민서는 아무리 떠올려도 행복했던 기억이 없었다. 아버지가 있었다면 행복했을까. 단 한순간이라도 행복하기만 하다면 그곳으로 가고 싶었다.

02:10

민서는 핸드폰 플래시가 홀더 안을 비추도록 고정시키고 하판 위로 올라섰다. 그라인더를 켜자 칼날이 돌아가며 진동이 발생했다. 팔이 떨려 왔다. 손에 힘을 주고 홀더 안쪽 가장자리로 그라인더를 들이밀었다. 퉁, 투둑. 그라인더가 튕기더니 홀더 안쪽으로 떨어졌다. 배터리가 다 됐는지 배고프다는 소리를 마지막으로 핸드폰마저 꺼져 버렸다. 민서는 홀더 안으로 고개를 숙였다가 어둠 속으로 훅 빨려 들었다. 한동안 거꾸로 추락하던 민서는 어느 순간 익숙한 공간에 도착했다.

민서는 뚜껑을 열고 상자 밖으로 나왔다. 어둠에 익숙해지자 흐릿하게 사물들이 보였다. 어릴 때 살던 집 베란다였다. 중창을 열고 거실로 들어선 민서는 부엌 쪽으로 몇 걸음 옮기다가 주춤하고 멈춰 섰다. 식탁 아래 여자를 깔고 앉은 사내의 등이 보였다. 바닥에 누운 여자는 시퍼렇게 질려 비명 소리도 내지 못하고 떨고 있었다. 그 뒤로 소주병을 집어 든 아이가 보였다. 아이는 잠시 주춤하더니 사내의 뒤통수를 향해 힘껏 내리쳤다. 순간 눈을 감았는데도 민서는 보고야 말았다. 바닥으로 쓰러져 피를 흘린 사내는 의붓아버지 김 씨였다.

민서는 날짜변경선 앞에 섰다. 동쪽은 어제, 서쪽은 오늘이라고 했다. 어제로 한 발 건너가니 응급실로 이송 중인 엄마가 보였다. 나라는 원무과에서 접수를 하려다 말고 카톡을 보내고 있다. 민서는 다시 오늘로 건너왔다. 응급실 구석진 곳 침대에 누운 엄마가 통증을 이기지 못해 신음을 토해 낸다. 컵라면으로 저녁을 때운 나라가 스툴 의자에 앉은 채 한 손으로 허기진 배를 움켜잡고 한 손으로는 핸드폰을 쥐고서 침대 모서리에 기대 잠들어 있다. 오빠! 엄마의 신음 소리가 거슬렸을까. 나라가 잠꼬대를 하며 고개를 들어 액정을 들여다본다. 액정 화면이 밝았다가 꺼진다. 비몽 간에 나라는 다시 눈을 감는다. 이내 고개가 스르르 꺾인다.

다시 공장이다. 언제 왔는지 사장과 주임이 와 있다. 주임이 민서의 양팔을 붙들고 흔들었다. 주임님 시간 여행이 가능해요. 민서가 말했으나 억병으로 취한 주임은 제 말만 하느라 횡설수설이다.

"어, 어쩌죠? 말짱해 보이는데 숨을 안 쉬어요."

"넌 뭐했어? 저 지경이 되도록 뭐했냐고, 이 새끼야!"

화를 참지 못한 사장이 주임의 정강이를 냅다 걷어찼다. 그제야 정신이 들었는지 주임이 두 다리를 부여잡고 변명을 늘어놓는다.

"화, 화장실에 있었어요. 벼, 변비가 심해서요. 배, 배터리도 다 돼서 얼마나 앉아 있었는지 모르겠어요. 단순한 일이라 녀석이 잘 지키겠다고 해서. 제, 제 잘못입니다. 어린 녀석을 잘 돌봤어야 했는데."

"그러니까 왜 공장을 비우고 술을 처먹어? 네가 다 책임져 개새끼야."

격노한 사장이 주변을 두리번거리더니 쇠 파이프를 집어 든다.

섬뜩함에 민서는 얼어붙은 듯 꼼짝할 수가 없다. 어쩐지 기시감이 드는 장면이다. 언젠가 본 것 같은데 도무지 기억이 나질 않는다. 문득 타임 루프를 조심하라던 주임의 말이 생각났다. 민서는 두 손을 그러쥐고서 간절하게 기도한다. 제발 타임 루프만 피하게 해 주세요. 그러면 신을 믿겠습니다. 그러자 천장 가운데 환풍구 사이로 달빛이 쏟아져 내린다. 번쩍 눈을 뜬 민서가 빛을 향해 빨려 들듯 걸어간다.

이내 공장에는 칠흑 같은 어둠이 깔린다.

김만수와 현아

*

 이른 새벽부터 저수지는 트랙을 도는 사람들로 북적였다. 열대야로 잠을 설친 사람들이 견디다 못해 뛰쳐나왔을 것이다. 김만수는 그들 사이로 합류해 천천히 걸었다. 세 바퀴 반쯤 돌았을 때 여명의 농도가 달라졌다. 몇 시쯤 됐을까? 혼몽한 꿈에서 깨어난 것처럼 그는 퍼뜩 정신을 차려 주머니에 손을 넣었다. 핸드폰을 깜빡하고 나왔다. 주변을 둘러봐도 시간을 가늠하기 어려웠다. 현아는 방학 내내 도서관에서 산다. 아침을 챙기려면 서둘러 돌아가야 했다. 그가 잰걸음으로 장미 정원을 빠져나왔을 때, 마침 보행자 신호였다. 큰 사거리를 뛰다시피 건넜으나 횡단보도를 미처 벗어나기 전에 신호가 바뀌었다. 그가 막 보도에 올라서자 뒤에서 차가 사납게 경적을 울리며 지나갔다. 잠시 멈춰 호흡을 진정한 김만수는 이내 사지를 휘저으며 서둘러 집으로 갔다.

비번을 누르고 현관문을 열자 헤어 드라이 소리가 요란했다. 문이 열린 것도, 누가 들어선지도 모르는 현아는 책상 앞에서 고개를 숙인 채 머리를 말리고 있었다. 김만수가 어깨에 가볍게 손을 올리자 그제야 현아가 얼굴을 들었다.

"도서관 가려고?"

"어."

현아는 귀찮다는 듯이 대답하고는 다시 머리를 손질했다. 그는 부엌으로 가 전날 밤에 끓여 둔 애호박된장국을 데우고 냉장고에서 콩자반과 멸치볶음을 꺼내 식탁에 놓았다. 전기밥솥을 열어 밥을 반 공기 담고, 데워진 국을 뜨고, 수저와 젓가락을 챙긴 다음 마지막으로 빠뜨린 게 없는지 점검했다. 물이 빠졌다. 컵에 물을 따라 놓고 현아 방으로 갔다. 김만수가 다가서기도 전에 현아가 고개를 돌리더니 왜? 하고 입술만 크게 벌려 벙긋거렸다. 몸을 한껏 부풀린 복어처럼 반응이 까칠하다. 그럴 땐 귀가 열린 건 아닌가 싶다. 김만수는 아직도 기대하는 마음에 낮은 한숨을 삼킨다. 현아는 소리를 듣지 못한다. 어릴 때 열병을 앓고 난 이후로 청력을 상실했다. 세 살 때 일이었다. 제 부모와 떨어져 김만수에게 온 것은 여섯 살 생일이 지나서였다. 아내가 지극정성으로 돌봤지만 지금은 그가 혼자서 돌봐야 한다. 곧 팔순이 되는 김만수는 손녀가 풀어야 할 난제처럼 어렵다. 어떤 때는 착한 아이였다가 어떤 때는 북풍한설보다 차갑게 군다. 도통 종잡을 수가 없다.

"밥 먹으라고."

대답도 없이 식탁으로 간 현아는 밥을 몇 술 뜨다 말았다.

"좀 더 먹지 그러냐."

"이찍 가야 자리 이써."

금방 나갈 것처럼 서두르던 현아가 이번에는 책상에 앉아 머리에 고대기를 대고 있었다.

"빨래 내놓고 가."

"아, 쫑."

어깨에 손을 대자 현아가 고대기를 거칠게 내려놓았다.

"조심해서 내려놔. 소리가 커."

참다 못한 그가 한 소리 했으나 현아는 제 등짝보다 큰 가방을 메고 현관을 나서더니 문짝이 부서져라 문을 닫았다. 김만수가 미처 돌아서기도 전에 비번 누르는 소리가 들려왔다. 꺾어 신은 운동화를 벗어 던지고 제 방에 들어간 현아는 입술에 빨갛게 틴트를 바르고 다시 나갔다. 그저 보기만 할 뿐 김만수는 아무 말도 하지 못했다. 입술이 거슬려도 친구들도 다 틴트는 바른다고 하니 못마땅해도 어쩔 수 없는 일이다.

현아 방은 폭탄 맞은 것처럼 어지럽다. 침대며 바닥이며 의자에 벌려 놓은 옷가지들을 챙겨 세탁기에 넣고서 김만수는 식탁에 앉아 식은 국에 밥을 말아 먹었다. 식후에 믹스 커피를 진하게 타 마시며 그는 현아가 왜 그러는지 생각했다. 어쩌면 염색 때문인지도 모르겠다. 방학식이 있던 날 일찍 학교에서 돌아온 현아는 제 머리 색이 못마땅하다며 갈색으로 염색하면 어떻겠냐고 물었다. 학생이 갈색은 무슨. 김만수가 정색하자 현아는 곧바로 퉁명스럽게 대꾸했다. 노란색도 하고 다니는데 암튼 할아버지랑 말을 말아야지. 그러고는 제 방으로 휙 들어가 버렸다. 그랬다가도 다음 날에는 말짱하게 인사하고 도서관으로 갔었다. 고집을 부려도 금세 풀어졌는데 요 며칠은 뭐가 그리 불만인지 아예 방문까지 걸어 잠갔다. 하루 이틀 그러다 말겠거니 했는데 여러 날이 지나자 김만수는 점점 불안했다.

10시가 되자 실내 온도가 삼십 도를 넘어섰다. 욕실에서 찬물을 끼얹고 나와 집안일을 시작했다. 세탁기를 돌리고 설거지를 하고 청소를 했다. 조금만 움직여도 전신에 땀이 흘러내렸다. 베란다 문을 모조리 열어도 선풍기를 틀어도 사방이 찌는 가마솥처럼 덥고 습했다. 거실에 깔아 놓은 대자리에 팔다리를 벌리고 누워 땀이 식기를 기다렸다. 전 주인이 놓고 간 에어컨은 쳐다만 볼 뿐 전기세 폭탄이 염려되어 켤 수가 없다. 유난히 더위를 타는 현아는 시험 기간에도 가지 않던 도서관에서 여름 나기 중이다. 삼복더위를 피해 도서관에 종일 앉아 있을 현아를 생각하던 김만수는 몸을 일으켜 부엌으로 갔다.

*

현아는 요즘 먹는 게 도통 시원치 않았다. 햄볶음밥을 만들면 먹으려나 싶어 그는 햄과 야채를 꺼내 손질했다. 재료는 최대한 잘게 썰어 기름에 달달 볶아야 풍미가 좋다. 특히 양파는 칼질에 신경 써야 한다. 미끄덩거린다고 대충 썰면 맛이 덜하다. 그는 잘 썰어진 양파에 흡족하여 프라이팬에 양파를 먼저 볶다가 당근을 섞어 볶았다. 기름에 양파가 익으면서 단내를 풍겼다. 현아는 양파가 듬뿍 들어간 걸 좋아한다. 터무니없이 비싸 반쪽만 넣던 양파를 한 개 다 넣었으니 분명

맛도 좋을 것이다. 햄을 넣고 밥도 섞었다. 맛소금으로 간하고 참기름을 살짝 두른 다음 참깨를 뿌렸다. 맛도 간도 적당했다. 맛있게 먹을 현아를 생각하니 요리하느라 흘린 땀이 오히려 개운했다. 자신 있게 볶음밥을 하기까지 몇 년이 걸렸다. 아내가 아프기 전까지 김만수는 쌀이 어디에 있는지도 모르고 살았다. 몇 해 전부터 아내는 빨래를 삶다가, 된장국을 끓이다가 걸핏하면 냄비를 태워 못 쓰게 만들었다. 가스차단기를 설치한 이후로는 덜했으나 변기를 사용하고도 물을 내리지 않았고 세면대에 물도 받아 놓고서 그대로 두는 일이 잦았다. 그때까지만 해도 건망증인 줄 알았다. 어느 날부턴가 아내는 현아를 알아보지 못했다. 밥을 먹다가 뉘 집 자식이냐며 현아를 밖으로 쫓아내기도 했다. 어디서 그런 완력이 생기는지, 도저히 감당할 수가 없게 되었다. 중증 치매 진단을 받은 아내는 요양원에 들어간 지 이태 만에 먼저 저세상으로 갔다.

욕실에서 미지근한 물을 뒤집어쓰고 나왔을 때 문자음이 연달아 울렸다. 핸드폰이 식탁에 놓여 있었다. 마트에서 보낸 미친데이 할인 안내와 경기도에 사는 최 선생이 보낸 문자였다. 사모임 총무인 최 선생은 주말에 있을 모임 참석 여부를 알려 달라고 했다. 아침까지도 기억했는데 그사이에 깜빡했다. 교대 동기들이 퇴임하고서 서로의 안부를 챙기자며 시작한 모임이었다. 세월을 이기지 못한 친구들이 하나둘 세상을 떠나고 이제는 열 명 중 여섯 명이 남았다. 한 명은 투병 중이어서 지난 모임 때는 다섯 명이 모였다. 내년에도 살아서 보자며 다음을 기약했었다. 참석합니다. 만나서 회포를 풀 생각으로 답문을 보내고 나자 세탁기 알람이 울렸다. 섬유 유연제를 안 한 것 같아 현아가 좋아하는 다우니를 넣고 헹굼을 추가했다. 탈수를 기다리는 동안 소파에 비스듬히 기댄 김만수는 손등에 군데군데 박힌 검버섯을 바라보다가 문득 늙음에 대해 생각했다.

젊어서는 낮에 등을 기대 본 적이 없었다. 지난 건강검진 때 의사 선생이 육십 대 후반처럼 건강하다고 했지만 듣기 좋으라고 한 소리일 것이다. 어찌 늙음을 거스를 수 있겠는가. 세포가 수축되고 뼈가 내려앉아 일어설 때마다 관절이 어긋나기 시작한 지 이미 오래였다. 걸음, 호흡, 기억, 어느 것 하나 온전하지 않고 자꾸만 균형이 엇나갔다. 육신은 그러한데 성마른 성격은 여전하다. 그는 자꾸만 거스르고 싶다. 거스를 수 없다면 잠시 늦추고 싶다. 노탐이라고 욕해도 어쩔 수 없다. 최근 들어 마음이 심산해서인지 불면증과 꿈만 늘었다. 세월 앞에 장사 없다는 말을 새삼 절감한다. 이례적인 폭염이라고는 하나 올여름은 유난히 호흡이 가쁘다. 현아가 훌쩍 자랐으니 늙은이가 위축되는 건 자연스런 순리일 것이다. 그걸 모르는 건 아니나 김만수가 이몽을 꾸는 것은 현아를 위해서다. 현아는 고집을 피우다가도 할애비 눈치를 살핀다. 걱정 마라. 백세 시대 아니냐. 할애비는 네가 결혼하고 아이를 낳을 때까지 널 돌봐 줄 거다. 호언장담을 하면서도 속으로는 나이를 헤아렸다. 적어도 십 년은 더 살아야 한다. 십 년이면 현아는 스물여섯이 된다. 어서 빨리 시간이 흘러 현아가 성인이 되길 바랄 뿐이다. 한숨을 내쉬며 몸을 뒤척이던 그는 이내 겉잠에 들었다.

산길을 오르는 꿈을 꾸었다. 길을 가다가 동굴처럼 짙은 어둠과 마주했다. 어둠 한가운데 더 깊은 어둠이 음습한 구덩이처럼 깊숙하게 패어 있었다. 그는 한순간 구덩이로 빨려 들어가 늪 한가운데로 추락했다. 몸이 질퍽이는 흙 속으로 점차 가라앉더니 순식간에 목까지 잠겼다. 머리만 남은 제 모습을 무연하게 바라보던 김만수는 문득 숨을 쉴 수가 없다는 사실에 퍼뜩 놀라 잠에서 깼다.

기분 나쁜 꿈이었다. 꿈 해몽을 하려고 대자리에 놓인 핸드폰을 주워 들었다. 8월 학원비가 미납됐다는 문자가 와 있었다. 미납이라니? 심산한 마음을 누르고 티비 아래 서랍장에서 금전출납부를 꺼내 살폈다. 매월 초, 은행에서 현금을 인출해서 현아에게 보냈는데 지난달에는 말일에 돈을 인출했다. 이십만 원이면 학원비가 분명했다. 설마, 녀석이 딴 데 썼을라고. 그럴 리가 없다고 생각하면서도 자꾸만 조바심이 일었다. 베란다 쪽 창문은 열기로 잔뜩 팽창해 있다. 3시경에서 뜬 태양의 열기가 아직 맹렬하게 쏟아지고 있다. 해가 기울기를 기다려야 했지만 김만수는 성마름에 더는 기다릴 수가 없었다.

*

학기 초, 학부모 상담 주간이었다. 담임이 수학 전공자라고 해서 김만수는 내심 현아의 수학 성적이 향상되기를 기대하며 학교를 방문했다. 담임은 수학만 오르면 고등학교 진학은 물론 대학도 문제가 없을 거라며 현아를 학원에 보내는 게 어떠냐고 김만수의 의중을 물었다. 완곡한 어조였으나 이대로 두면 일반 고등학교 진학이 어렵다는 말이었다. 형편이 녹록지 못해서. 김만수는 왠지 부끄러워 죄송하다고 했다. 아닙니다. 학교에서 책임져야 하는데 현실적으로 그렇지 못해서, 잘 아시겠지만 수학이 전부는 아닙니다. 진심을 다한 위로였지만 세상을 제법 알 만한 불혹이 다 된 선생이 하는 충고였다. 김만수는 착잡한 심정으로 책상에 시선을 고정시켰다. 책상 우측 모퉁이에 만화책에서나 본 듯한 남자애가 그려져 있었고 옆에는 볼펜으로 끄적거린 낙서가 빼곡했다. 현아가 그림에 소질이 있나 봅니다. 선생이 말했다. 공부는 안 하고 낙서질이라니. 그가 나무라듯 말했으나 선생의 칭찬에 이내 마음이 누그러졌다. 김만수는 학교를 나서며 얼마 되지 않은 연금액을 헤아렸다. 연례행사인 사모임 하나만 제외하고 나머지 자잘한 친목 모임을 그만두면 현아를 학원에 보낼 수 있을 거라는 계산이 섰다. 그날 저녁 김만수는 현아에게 수학 학원에 보내 주면 공부를 열심히 하겠냐고 물었다. 뜻밖에도 현아는 그를 껴안으며 기뻐했고 소영이가 다니는 학원에 가고 싶다고 했다.

다음 날, 오후 6시경에 김만수는 현아와 함께 학원을 방문했다. 테스트를 하는 데 한 시간 반쯤 소요됐다. 시험지를 풀고 난 현아의 볼이 빨갰다. 이름이 빠졌네? 이름이 뭐야? 원장이 테스트지 윗부분을 가리키자 현아가 어색하게 웃으며 그곳에 이름을 적었다.

"현, 아, 요."

김만수가 대신 대답했다. 원장은 현아의 점수를 매기더니 기초반에 배정했다. 실력이 향상되면 그때 소영이 반으로 월반하자고 하는데도 현아는 그러겠다며 선선히 고개를 끄덕였다. 입회원서를 작성한 현아가 데스크로 가 실장에게 내밀었다. 선아? 연아? 글씨가 헷갈리네? 서류를 받아 든 실장이 고개를 갸웃거렸다. 현아가 어색하게 웃으며 현아라고 대답했다. 세 번이나 제 이름을 말했는데도 실장은 여전히 알아듣지 못했다. 그러자 현아가 난감한 웃음을 지었다. 현, 아, 요. 이번에도 그가 대신 대답했다.

"원비가 이십만 원입니다. 책값은 자비 부담이고요."

실장이 부연 설명을 했으나 김만수는 실장의 말이 더 이상 들리지 않았다. 아이들을 보살피는 사람이 너무 배려가 없어 보였다. 소영이만 아니었다면 다른 학원을 알아봤을 것이다. 현아는 들뜬 표정으로 당일부터 수업을 듣고 오겠다고 했지만 그마저 못마땅했다. 김만수가 마뜩잖게 여기며 유리문을 밀고 나설 때였다. 키가 큰 남학생이 그의 어깨를 밀치며 안으로 들어갔다. 뒤늦게 쾌쾌한 담배 냄새가 풍겨 왔다. 김만수는 어깨를 만지며 녀석을 노려보았다. 지각하지 말고 빨리 와. 실장이 잔소리를 했지만 녀석은 바지 주머니에 손을 넣고 느릿느릿 강의실로 들어갔다. 어린놈이 벌써부터, 큼. 그는 목에 걸린 이물질을 걸러 내듯 목청을 다듬고 건물을 빠져나왔다.

김만수는 밤늦도록 혼자서 소파에 앉아 현아의 웃음에 대해 생각했다. 웃는 법이 제법 자연스럽다고 생각했는데 여태 헛것을 가르친 거였다. 이제는 됐다 싶으면 복병처럼 또 다른 문제들이 생겨났다. 그럴 때마다 현아가 막 집으로 왔던 때를 회상했다. 여섯 살이던 현아는 엄마를 찾으며 밤마다 울어 댔다. 이웃집에서 항의가 들어왔다. 어린 나이에 제 부모와 떨어진 현아가 가엽기도 했으나 그렇다고 울어 대는 아이를 마냥 달래기만 할 수는 없었다. 그는 밤마다 아이를 데리고 저수지로 가 그곳에서 달리기를 했다. 김만수가 달리면 현아가 울면서 뒤따라 뛰었다. 삼십 분쯤 달리고 나면 지친 현아는 땅바닥에 주저앉아 더 이상 울지 않았다. 그러면 그는 현아를 업고서 집으로 돌아 갔다. 등에 업히자마자 잠들어 다음 날 아침까지 곤히 잠든 현아는 한 달이 가기 전에 더 이상 울지 않았다. 이후로도 그는 아이와 함께 저 수지를 달렸고 현아는 점차 안정을 찾아갔다. 고비가 없었던 것은 아니었다. 초등학교에 입학해서도 비슷한 증상을 보였지만 구화를 익히면서 이내 친구도 사귀었다. 이제 사춘기만 지나면 한시름 덜 줄 알았더니 산 넘어 산이었다.

현아가 들어오자 김만수는 정색하고 잔소리를 했다.

"안 들리는 건 불편한 거지 부끄러운 게 아니다. 아무 때나 웃으면 안 된다. 상대방이 못 알아들으면 당황하지 말고 정확하게 표현해야지."

"네, 알겠어요."

웬일로 현아가 고분고분 대답하고는 숙제가 있다며 제 방으로 들어갔다. 학원에 다니는 게 저렇게 좋을까 싶어 한쪽 가슴이 저려 왔다. 상담 치료를 중단하지 않았다면 더 좋았을 것이다. 현아는 그때 많이 밝아졌다. 아내가 요양 병원에 입원하면서 병원비를 감당하기가 버거워 김만수는 현아가 다니던 영어 학원도 학습지도 모두 끊어야 했다. 아내가 죽자 김만수는 아파트를 팔고 동네에서 가장 작은 평수로 이사했다. 그느라 짐을 줄여야 했다. 아내가 사용하던 살림살이 중 기본적인 것만 남기고 나머지는 재활용 쓰레기와 폐기물로 구분해서 분리수거함에 내놓고 경비실로 가 폐기물 스티커를 구입했다.

생활이 쪼들리기 시작한 것은 아들의 사업 실패 때문이었다. 김만수가 초등학교 평교사로 정년을 마쳤을 때였다. 아들은 아웃도어 가게를 하겠다며 사업 자금이 필요하다고 했다. 퇴직금과 연금의 일부를 찾아 도왔지만 가게는 고전을 면치 못했다. 손대는 일마다 실패하면서 아들 내외는 결국 연이은 악재를 견디지 못하고 이혼했다. 현아의 어미는 얼마 지나지 않아 재가한 이후로 연락이 끊겼다. A시에서 혼자서 생활하던 아들은 제 어미 장례식에 다녀간 이후로 전화를 걸어와 담보대출을 부탁했다. 새살림을 시작하는데 보증금이 필요하다는 거였다. 이 집은 현아 몫이다. 그가 일언지하에 거절하자 아들은 말없이 전화를 끊더니 이후로는 소식이 없다. 아들이 생각날 때마다 김만수는 서운하더라도 어쩔 수 없는 일이었다고 제 스스로를 달랬다. 그럼에도 김만수는 자다가도 잠에서 깨 자신이 잘못한 건 아닌지 되짚어 본다. 다시 생각해도 그럴 수밖에 없었다고 생각하지만 도통 깊은 잠을 이룰 수가 없다.

*

학원 방문은 두 번째였다. 유리문 앞에 잠시 멈춰 큼큼거려 목청을 다듬고, 땀에 젖은 셔츠가 몸에 달라붙지 않도록 옷매무새를 매만진 김만수는 손에 든 금전출납부를 다시 한 번 부여잡고 학원으로 들어갔다. 데스크를 지키는 실장은 누가 온지도 모르고 핸드폰을 보느라 고개를 숙이고 있었다. 김만수가 인기척을 하자 그제야 고개를 든 실장이 어떻게 오셨냐고 물었다.

"현아 할아비요. 지난달 학원비를 보냈는데 안 냈다고 문자가 왔소."

그가 금전출납부를 내밀어 은행 인출 날짜까지 보이며 설명했다.

"저희는 받은 기록이 없는데요."

실장이 보인 고자세에 김만수는 불쑥 화가 치밀었다. 언성을 높이려다가 문득 현아가 딴 데 쓴 건가 싶었다. 짐짓 흥분을 가라앉힌 그는 점잖게 항변했다.

"현아에게 꼬박꼬박 보냈는데 무슨 소리요."

"다 뒤져 봐도 기록이 없어서요. 결제를 하면 저희가 영수증을 보관하는데 영수증도 없어요. 혹시, 현아에게 물어보셨나요?"

"아니, 우리 현아가 거짓말을 했단 말이오."

더 이상 참지 못하고 김만수가 버럭 소리를 질렀다. 그런 말이 아니잖습니까, 어르신. 대꾸하던 실장도 얼굴을 붉혔다. 두 사람 사이에 언쟁이 오가자 수업 중이던 원장이 강의실에서 나와 무슨 일인지 물었다. 전후 사정을 들은 원장은 뭔가 착오가 생긴 것 같다며 김만수에게 정중하게 먼저 사과했다. 마음을 진정시키고 학원을 나온 김만수는 괜히 뒤통수가 따가웠다. 차분하게 말했어야 한다고 뒤늦게 후회했지만 실장의 태도를 생각하면 다시 심장이 펄떡였다. 한편으로 학원에 안 보낼 거라면 몰라도 혹시 현아에게 눈총이라도 주는 건 아닌가 싶어 자꾸 신경이 쓰였다. 늙은이라 건망증이 늘었다고 지금이라도 학원비를 내고 올까? 아무래도 최근에 현아가 예민해진 것이 마음에 걸려 그런 생각을 했지만 이내 마음을 바꾸었다. 할아비가 손녀를 믿어야지 누굴 믿겠는가. 그래도 혹시 모르는 일 아닌가. 현아에게 메시지로 물어볼까? 괜히 아이가 주눅 들게 하는 건 아닌지. 그렇게 갈

팡질팡하던 김만수는 결국 자신의 심약한 노심을 책망하며 비상계단을 타고 지하 슈퍼로 내려갔다.

슈퍼는 대형 냉장고처럼 시원해서 바깥과는 딴 세상이었다. 김만수는 할인하는 우유와 덤이 붙은 요거트를 골라 카트에 넣고 반찬 가게에서 수제 돈가스 한 팩을 챙겨 넣었다. 그러고는 중앙에 있는 과자 코너로 가 묶음으로 된 스낵 한 봉지를 집어넣고 계산대로 갔다. 교복을 입은 여고생 한 명이 잔뜩 고른 과자를 무빙 벨트 위에 수북하게 올려놓는 중이었고 맞은편에서 같은 교복의 학생 두 명이 꼬깔콘 상자에 과자를 담아 정리하고 있었다. 계산원이 영수증을 내밀며 행사가 있냐고 묻자 학생 둘이 까르르 웃으며 친구 생일 선물로 줄 거라고 했다. 포장대로 이동한 학생들은 상자에 테이프를 붙이면서도 계속해서 조잘대며 떠들다가 한 명이 웃으면 옆에서 덩달아 따라 웃었다. 낙엽만 굴러가도 웃는 나이라고 했던가? 웃음소리가 노랫소리처럼 들렸다. 현아도 저렇게 재잘거리며 웃던 때가 있었다. 세 살이 되기 전, 현아는 말을 제법 배워서 김만수를 하라버지라고 불렀다. 그는 지금도 그때의 목소리를 생생하게 기억한다. 어느 날, 며느리가 전화해서는 현아가 아프다며 급하게 검사 비용이 필요하다고 했다. 현아의 울음소리가 전화기를 통해 날카롭게 들려왔지만 치료받으면 곧 괜찮아질 줄 알았다. 아이는 아프기도 하고 다치기도 하면서 자라는 거니까. 하지만 그때 고열로 현아는 청각을 상실했다.

그 시절도 겪었는데. 순간 상념에 빠졌던 김만수는 물건을 재활용 봉지에 담아 에스컬레이터를 탔다. 중간쯤에서 반대로 내려가던 학생이 엄마와 통화를 하며 짜증을 냈다.

"화이트가 넘 비싸. 아, 몰라. 돈 없어. 학원 교재비 냈다고! 엄마가 사다 놔."

문득 김만수는 현아에게 교재비를 준 적이 없다는 사실을 떠올렸다. 아니, 교재비가 필요한 줄도 모르고 있었다. 생리대를 산 기억도 까마득했다. 제 돈으로 샀을까? 현아는 주당 칠천 원의 용돈으로 생활했다. 아무리 생각해도 용돈이 부족하지 싶었다. 그는 폐지라도 주울까 생각했지만 현아가 싫어해서 엄두가 나지 않았다.

아파트 입구 전봇대에서 생활 정보지를 챙겨 온 김만수는 식탁에 앉아 구인 구직란을 펼쳤다. 돋보기까지 끼고서 세세히 살폈지만 팔순이 다 된 노인을 필요로 하는 곳은 어디에도 없었다.

*

어디냐? 점심은 어떻게 했어?

현아는 뭘 하는지 대답이 없었다. 여태 공부만 할 리는 없고 친구랑 있는 걸까? 김만수는 왠지 불안하여 문자를 다시 보냈다. 한참이 지나서야 답문이 왔다.

준서야, 현아가 수술했는데, 정신을 못 차리고 너만 찾아. 한 번만 만나 줘.

이게 무슨. 김만수는 당장 현아에게 전화를 걸었다. 통화음이 길게 이어지다 기계음으로 넘어갔다. 통화 버튼을 다시 눌렀는데 이번에는 전원이 꺼져 있다. 소영이 핸드폰도 마찬가지로 꺼져 있다. 황망함에 핸드폰 주소록만 살피던 김만수는 불현듯 생각난 게 있어 현아 방으로 갔다. 방 안을 이 잡듯이 뒤져 매트리스 아래서 일기장을 찾아냈다. 일기장은 온통 준서 이야기였다. 소영이를 기다리다가 준서를 만난 이야기부터 학원에서 같은 반이 된 이야기까지 세세하게 적혀 있었다. 학원에 갔던 이유가 준서였다니, 김만수는 그 녀석이 누구든지 가만두지 않겠다고 벼르며 페이지를 넘겼다. 중간쯤에 하트 모양의 스티커 사진이 붙어 있었다. 너무 작아 형체만 보일 뿐 어떤 녀석인지 알아볼 수가 없었다. 몇 장을 더 넘기자 이상한 글들이 적혀 있었다. 죽음을 썼다가 지운 흔적도 있었다. 김만수는 일기장을 덮고서 무너지듯 침대에 주저앉았다. 이 지경이 되도록 몰랐다니. 우둔하고 어리석은 늙은이라고 자신을 책망하며 그는 난생처음 남자로 태어난 것을 후회했다. 현아의 어미나 아내였다면 이 지경이 되도록 모르진 않았을 것이다. 일기장을 다시 살폈지만 준서의 연락처는 어디에도 없었다.

김만수는 학원으로 전화를 걸었다.

"저, 현아 할애비요. 혹시 준서 학생 연락처 좀 알 수 있습니까?"

실장은 아, 하더니 그건 개인 정보여서 곤란하다고 했다. 학원에 가면 볼 수 있냐고 묻자 실장이 준서는 지난달에 학원을 그만뒀다고 했다.

속이 숯덩이처럼 타 들어갔다. 김만수는 지푸라기라도 잡는 심정으로 문자를 검색했다. 지난겨울 현아가 파자마 파티를 한다며 소영이 집에 간 적이 있었다. 그때 소영이가 문자로 남긴 주소가 어딘가에 남아 있을 터였다. 한참을 뒤적거리다 겨우 주소를 찾아낸 그는 소영이 집으로 내처 달려갔다. 부영아파트 102동 803호. 현관문에 붙은 호패와 문자에 적힌 주소를 세 번이나 확인하고 벨을 눌렀으나 안에서는 아무런 기척이 없었다. 김만수는 주먹으로 문을 쾅쾅 두드리며 소영이를 불렀다.

"다 알고 왔다. 문 좀 열어 다오."

잠시 후 소영이가 주춤거리며 문을 열고 밖으로 나왔다.

"현아는?"

"지금 자고 있어요."

"어떻게 된 거냐."

"준서가 카톡을 안 읽어서 문자로 보낸다는 게 그만……"

"식구들도 있을 텐데. 집으로 데려가마."

"부모님은 여행 중이라 안 계셔요. 언니는 고3이라 밤늦게 들어와서 새벽에 나가니까 괜찮고요. 며칠만 여기 있게 해 주세요. 현아는 할아버지가 알면 죽겠다고……"

김만수가 얼굴이라도 봐야겠다고 하자 소영이가 방으로 안내했다. 핏기라곤 없이 누렇게 뜬 몰골을 한 현아가 모로 누워 몸을 웅크린 채로 잠들어 있었다. 통증이 심한지 바짝 마른 입술 사이로 신음 소리가 새어 나왔다. 내 이놈을 가만두지 않겠다. 주먹을 불끈 쥔 김만수는 방을 나서다가 몇 걸음도 못 가 휘청하며 중문을 붙들었다. 뒤따라 나온 소영이가 김만수의 팔을 부축하며 괜찮은지 물었다. 그놈 사는 곳이 어디냐? 아니지, 전화번호부터 알려 다오. 격노하여 떨리는 그의 음성에 소영이가 모른다며 고개를 좌우로 저었다. 어쩔 수 없지. 현아를 깨우겠다고 방으로 다시 들어가려 하자 그제야 소영이가 준서의 전화번호와 사는 곳을 말했다.

*

　등산로 초입과 마주한 곳에 다솜빌라가 있다. 낡은 빌라는 공동 현관문도 없이 곧바로 위층 계단으로 연결됐다. 일층부터 삼층까지 두 집이 마주 보는 구조다. 옥상까지 열어 보고 다시 삼층으로 내려온 김만수는 301호와 302호를 번갈아 보다가 왼쪽 벽에 붙여 세워 둔 유아용 자전거를 보고서 302호 벨을 눌렀다. 잠시 후 문이 벌컥 열렸다. 문고리를 붙잡고 선 반백의 노파가 김만수를 위아래로 훑어보더니 누구냐고 물었다. 준서를 만나러 왔다고 하자 노파가 안색을 싹 바꿔 집에 없는디, 무슨 일이요? 하고 물었다.
　"손녀 일로…… 어디 가면 만날 수 있소."
　"나도 모르요. 알바헌다고 지 맘대로 다닝께. 그놈이 또 사고 쳤소? 뭔 일인지 모르지만 그 집 아그 단속이나 잘하시요."
　들을 것도 없다는 듯이 노파는 혀를 끌끌 차며 사납게 문을 닫아걸었다. 이어 노파의 신세타령이 복도까지 들려왔다.
　"썩을 놈. 또 뭔 짓거리를 한 거여. 저승사자는 뭐하나 몰러. 질긴 목숨들 안 델꼬 가."
　"준서, 알바하는 곳이 어디요?"
　김만수가 닫힌 문을 향해 소리쳤다.

"모른다고 안 하요. 우세 사지 말고 싸게 가시오!"

김만수가 문을 쾅쾅 두드리며 소리치자 아래층에서 누군가 내다보며 삼층이라고 수군덕거렸다. 그사이에 노파는 잠이라도 든 건지 아니면 대꾸하지 않고 무시하기로 작정한 건지 302호가 갑자기 빈집처럼 조용했다. 김만수는 옥상 계단으로 올라가 문턱에 쪼그리고 앉아 준서를 기다렸다.

새벽이 희뿌옇게 밝을 때까지 김만수가 그곳을 지켰으나 준서는 나타나지 않았다.

한낮에 노점은 파라솔 그늘에 숨은 상인들의 부채질과 태양 빛에 달궈진 뜨거운 여름의 열기로 가득했다. 시장통 이쪽에서 저쪽 사이를 다 훑어도 과일을 파는 노파는 보이지 않았다. 은행 사거리 모퉁이에 정복에 모자까지 갖춰 쓴 요구르트 아주머니가 한 손으로는 얼굴에 연신 부채질을 하며 다른 손에 든 손수건으로는 땀을 닦아 내며 손님을 기다리고 있었다. 김만수는 아주머니에게 다가가서 혹시 과일 장사하는 깡마르고 외소한 반백의 노파를 아는지 물었다. 아주머니가 고개를 갸웃하더니 반대편 금호아파트 쪽으로 가 보라고 했다.

아파트 입구 보도에 좌판을 벌린 노파가 보였다. 스티로폼 상자에 철퍼덕 앉은 노파는 그늘막도 없이 누런 수건 한 장으로 땡볕을 이고서 좌판 위 빛바랜 바구니에 담긴 과일들을 멀거니 바라보고 있었다. 꼭지가 비틀어진 수박, 크기가 균일하지 못한 포도, 검은 반점이 생긴 바나나, 풋내 나는 복숭아가 바구니에 담겨 꼭지를 말리고 있었다. 김만수가 바투 다가서자 인기척을 느낀 노파가 흘끔 고개를 들더니 시선을 돌려 그를 외면했다.

"준서를 불러 주시오."

김만수가 장승처럼 서서 버티자 대답이 없던 노파가 혼잣말처럼 낮게 중얼거렸다.

"여기서 그라고 서 있어도 소용없어라. 놈의 손자 찾아댕길 시간에 집이 손녀나 단속허라 안 하요."

"할머니 전화는 받을 거 아니요. 준서를 만나기 전까지 나는 여기 서 있을 것이오."

"그래 봤자 나올 것도 없어라. 눈으로 보고도 모르요? 목구멍에 풀칠하기 바쁜 사람이요!"

노파가 버럭 소리를 지르자 때마침 지나가던 아주머니 둘이 그들을 쳐다보며 지나갔다. 김만수는 끝까지 버틸 참이었다. 얼마쯤 지났을까, 끙 하며 일어난 노파가 아파트 담장 아래서 리어카를 끌고 왔다. 노파는 바구니 과일들을 정리하여 리어카에 담고 손잡이를 들어 올려 가슴팍에 대고 몸으로 밀었다. 익숙한 듯 바퀴가 굴러가고 노파의 발걸음이 점차 빨라졌다. 김만수가 멀거니 보는 동안 리어카가 저만치 멀어졌다. 그가 움직이느라 자세를 바꾼 순간이었다. 몸이 한쪽으로 살짝 기우는 듯했고 주변이 보이지 않았다. 엎친 데 덮친 격으로 땀이 흘러내려 눈으로 들어가 눈을 뜰 수가 없었다. 눈을 끔뻑여 옷소매로 눈물을 닦아 내고 눈을 떴을 때는 시야에서 리어카가 사라진 이후였다. 김만수는 중심을 잡고 천천히 걸어 사거리 횡단보도를 건너가 건물 그늘 아래 섰다. 외벽에 기대앉아 잠시 쉬는 동안 지나가던 한 무리의 학생들이 다가와 괜찮은지 물었다. 괜찮다. 어서 가라. 그는 손을 휘휘 내젓고는 몸을 일으켜 집으로 갔다.

*

현아는 아직 돌아오지 않았다. 김만수는 소영이에게 문자를 보내 현아의 상태를 물었다.
약 먹고 다시 자요.
친구가 그러는데 준서가 밤샘 알바하고 아침 6시쯤 집에 들어간대요.
5시까지 기다렸는데 조금만 더 기다릴 걸 후회하며 김만수는 밥을 든든히 먹었다. 밥을 먹고 나니 으슬으슬 한기가 돌았다. 방으로 가 홑이불을 둘러쓰고 누웠다. 진땀이 나는가 싶더니 심장이 벌렁거리고 숨이 막혀 왔다. 끄억, 끄억, 웅크리고 앉아 가슴을 치던 김만수는 기어코 소리 내어 통곡했다. 한참을 울다가 엎드린 채로 잠이 들었다. 깨어나 보니 자정이 넘어 있었다.

다솜빌라 옥상에서 몇 시간째 대기했다. 문틈으로 희뿌연 새벽이 들어오고 있었지만 계단은 아직도 동굴처럼 어두웠다. 핸드폰을 열어 시간을 확인했다. 5시를 넘어섰다. 한 시간은 더 기다려야 녀석이 나타날 것이다. 문턱에 앉았던 김만수가 굳은 몸을 펴기 위해 자리에서 일어나 뻐걱이는 팔다리를 풀었다. 그때였다. 아래층에서 인기척이 들려왔다. 안주머니에 손을 넣어 물건을 확인한 그는 주먹을 단단히 쥐고서 아래로 내려갔다. 이층 계단 중간에서 키가 멀대처럼 큰 남학생과 마주했다. 녀석이 어깨를 스치는 순간, 담배 냄새가 코를 찔렀다. 퍼뜩 학원에서 어깨를 부딪쳤던 녀석이 생각났다. 네가 준서냐? 김만수가 물었고 계단 위로 한 발 올라서던 녀석이 걸음을 멈추었다.

새벽녘 계단참에서 한바탕 소동이 일었고 이내 정적이 찾아왔다.

"노인네가 힘도 못 쓰면서. 다신 오지 마요!"

이물질을 뱉어내듯 침을 바닥에 찍 뱉어낸 준서는 가볍게 계단을 올라갔다. 잠시 후 쾅하고 문 닫히는 소리가 계단을 타고 아래로 내려와 현관 밖으로 흩어졌다.

허깨비처럼 밖으로 나온 뒤 김만수는 빌라와 마주한 산책로를 허적허적 오르다가 억새 군락지로 들어섰다. 스스슥, 억새 스치는 소리가 이어지다 순간 잡음이 섞였다. 퍼뜩 걸음을 멈춘 그는 주변을 경계하며 뒤를 살폈다. 고양이처럼 생겼으나 덩치가 큰 짐승의 꼬리가 억새를 거칠게 흔들며 지나갔다. 살쾡이일까? 놀란 가슴을 진정시킨 순간 그의 주머니에서 핸드폰이 진동했다. 화들짝 놀란 김만수는 제 손에 든 칼을 놓쳤다. 바닥에 떨어진 칼이 억새 사이에 수직으로 꽂혔다. 그러는 동안에도 진동음이 이어져서 김만수는 허둥지둥 주머니를 뒤져 핸드폰을 꺼냈다. 액정에 최 선생이 떠 있었다. 수신 거부를 누른다는 게 통화 버튼이 눌러졌다. 스피커에서 최 선생 음성이 불쑥 튀어나왔다.

"뭔 일 있어요? 온다고 해 놓고 안 와서 전화했소."

"어, 어, 그렇게 됐네. 지금은……"

김만수는 말하는 도중에 전원을 꺼 버렸다. 번쩍 정신을 차린 그는 생경한 듯 한눈에 들어오는 산 아래 전경들을 살폈다. 동쪽에서 올라온 햇살이 수직으로 뻗어 반대쪽 산등성이를 비추더니 성큼성큼 내달려 큰길을 비추었다. 이른 출근길에 나선 차들이 빛을 반사시키며 서로의 목적지를 향해 어디론가 빠르게 달려갔다. 차들을 쫓아 번져가던 빛은 더 멀리 저수지까지 세력을 확장했다. 이른 새벽 호수를 도는 사람들을 비추며 낮은 곳부터 어둠을 걷어 낸 햇살이 물결을 깨우고 바람을 일으키며 속도를 내 산자락 아파트 단지를 향해 순간 올라왔다. 이어 하얀 햇살이 근처 아파트 옥상까지 닿았다. 곧 이곳까지 점령할 기세다. 아침의 서막을 무연하게 바라보던 김만수는 불현듯 정신을 차리고 휘적휘적 억새를 헤치고 깊은 숲속으로 들어갔다.

*

현아는 자면서도 준서를 생각했다. 싹둑, 뭔가를 잘라 내는 소리가 들려왔다. 소리가 들리는 건 모두 꿈이었다. 눈을 떴다. 낯선 방에서 두 다리를 벌리고 누워 천장을 바라보았다. 하얀 바탕에 점점이 박힌 검은 기호들이 한순간 움찔하더니 우르르 떨어져 다리에 달라붙었다. 애벌레들이었다. 그것들이 살 속으로 파고들었다. 비명을 지르다가 깨어나면 이번에는 통증 때문에 죽을 것 같았다.

"너 때문에 학원도 그만뒀어. 다신 연락하지 마."

준서가 얼굴을 들이밀고 커다랗게 입술을 움직였다. 소리가 들릴 리가 없는데도 환청처럼 준서의 목소리가 들려왔다. 오랜 잠에서 깬 현아는 자리를 털고 일어났다. 소영이가 바닥에서 홑이불을 덮고 곤히 잠들어 있었다. 현아는 몸을 구부려 소영이 머리맡에 놓인 핸드폰을 집어 들었다.

할아버지 못 오게 해라. 씨팔. 또 찾아오면 친구들한테 다 까발린다.

준서가 보낸 메시지를 읽은 현아는 그제야 소영이가 준서를 욕하던 게 생각났다.

새벽인데도 공기가 더웠다. 소리가 없는 걸 보니 꿈은 아니었다. 며칠을 누워 있어서인지, 발이 공중에 뜬 것 같았다. 차도에 내려선 순간 번쩍거리는 상향등 불빛이 길을 비추었다. 우뚝 멈춰 선 현아 앞으로 승용차 두 대가 엇갈려 지나갔다.

할아버지는 어디로 갔는지 집에 없다. 현아는 식탁에 앉아 차려진 볶음밥을 먹었다. 먹고 나서도 배가 고픈 것 같았다. 개새끼. 욕을 하던 현아는 퍼뜩 할아버지 생활비 봉투가 생각났다. 거실 수납장에서 할아버지 금전출납부를 꺼냈다. 생활비 봉투가 들어 있었다. 돈을 확인한 현아는 준서에게 만나자는 메시지를 보냈다. 안 나오면 학교에 알리겠다고 덧붙였다. 그러고는 세수를 하고 틴트를 바르고 캡모자를 눌러쓴 다음 집을 나섰다.

금호초등학교 쪽문 놀이터로 들어서자 그네에 앉아 있는 준서의 모습이 보였다. 현아가 다가가자 그네에서 벌떡 일어선 준서가 현아에게 얼굴을 바짝 들이밀었다.

"병신. 너, 찐드기냐?"

현아는 준서의 입술을 똑바로 쳐다봤다. 속이 울렁거리고 현기증이 일어 몸이 부들부들 떨려 왔지만 주먹을 꽉 쥐고 두 다리에 힘을 바짝 주고 버텼다. 그러고는 너무 꽉 쥐어 일그러진 봉투를 현아는 준서에게 쑥 내밀었다.

"학, 원, 비."

"이건 니가 준 거야. 다신 볼 일 없기다!"

봉투를 열어 금액을 확인한 준서가 등을 보이며 쪽문을 향해 걸어 갔다. 시팔! 현아가 욕설을 내뱉었다. 준서가 봉투를 든 팔을 머리 위로 치켜들어 좌우로 흔들었다. 주변을 둘러보던 현아는 준서가 섰던 자리에서 토막 난 보도블록을 발견했다. 현아는 그것을 집어 들어 준서를 향해 힘껏 내던졌다. 그러고는 그대로 주저앉아 구토를 했다.

쓴물이 올라올 때까지 속을 비워 낸 현아는 비틀거리며 집으로 돌아왔다. 화장실에서 입을 헹구고 나자 다시 배가 고파진 현아는 부엌으로 가 냉장고를 열었다. 할아버지가 끓여 둔 미역국이 냄비째 들어 있었다. 가스를 켜 미역국을 데운 현아는 밥과 국을 떠 식탁에 앉았다. 물을 한 컵 마시고 수저 가득 밥을 떠 입 안에 넣었다. 체하지 않게 꼭꼭 씹어야 한다. 할아버지가 하던 말을 생각하며 현아는 숫자까지 세어 가며 밥알과 미역 줄기를 꼭꼭 씹어 삼켰다.

언제 왔는지 거실 한가운데 그림자처럼 누운 김만수가 미동도 없이 잠들어 있다. 거실 창문으로 햇살이 들어와 바닥에 깔린 대자리를 하얗게 비춘다.

우리의 민아

*

　민아가 오고 있다. 서울에서 KTX를 타고 온다고 했으니 지금쯤 이미 역에 도착했을지도 모른다. 어쩌면 택시를 타고 골목길 초입에 들어섰을 수도 있다. 나는 두 시간 동안이나 판이의 원룸을 청소했다. 탈취제를 뿌리고, 환기를 시키고, 물티슈를 세 통이나 사용해 구석구석 닦았어도 집 안은 여전히 지저분하다. 장판이고 벽지고 곳곳에 얼룩이 남아 있어 지워지지 않는다. 급한 일이 생겼다고 할까? 주머니에서 핸드폰을 꺼내 통화 내역을 살핀다. 어느새 12시 20분이다. 문을 열고 나서는 순간 어쩐지 민아와 맞닥뜨릴 것만 같다.
　판이는 지금 부재중이다. 판이가 사라진 건 한 달하고도 보름 전이었다. 어머니의 기일에 만나고 이후로 보지 못했다. 처음에는 며칠 돌아다니다가 돌아올 줄 알았다. 자주 있던 일이었다. 판이는 잘 지내다가도 문득 흐리거나 심산한 바람이 일면 어디론가 자취를 감췄다가 어느 날 다시 돌아오곤 했다. 어디 갔었냐고 물으면 그냥 여기저기 아무 데나 돌아다녔다고 했다. 한 번은 서울까지 갔었다며 지하철에서 구걸한 돈을 주머니에서 꺼내 내게 보이며 자랑하기도 했다. 이번에는 생각보다 부재가 길어졌다. 차라리 어제 말했어야 했을까. 십이 년 만에 돌아온 민아에게 나는 차마 판이의 부재를 알릴 수가 없었다. 밤새 잠을 설치고 지금까지도 고민했지만 아직까지 나는 판이에 대해 해 줄 적당한 말을 찾지 못해 난감하기만 하다. 뒷문이라도 있으면 나가고 싶지만 반대편 다용도실 너머는 이웃 원룸이 철옹성처럼 벽을 높이 세워 퇴로를 막고 있다. 그 사이를 가르는 담장은 있으나 마나 폭이 협소해서 바짝 마른 초등생이 겨우 빠져나갈 만큼 비좁다. 나가는 걸 포기하고 앉을 곳을 찾는다. 붉은 천 소파도 바닥에 깔린 전기장판도 지저분한 얼룩이 무늬처럼 번져 있다. 다리 잘린 풍뎅이가 원을 돌듯 제자리를 돌다가 마지못해 침대 가장자리에 엉덩이를 들이민다. 그나마 얼룩이 덜한 곳은 매트리스밖에 없다.

*

민아에게 전화가 온 건 어젯밤 열한 시가 넘어서였다. 여름 특강 때문에 종일 정신없었던 나는 집으로 와 씻지도 않고 침대에 누웠다. 잠깐 눈을 감았는데 핸드폰이 울렸다. 모르는 번호여서 수신 거부를 누르려다가 혹시 하는 마음에 통화 버튼을 눌렀다. 스피커에서 낯선 목소리가 들려왔다. 저, 민아예요. 누구? 어떤 민아? 학원생인 줄 알고 나는 그렇게 되물었다. 민아요, 고모. 고모라는 말에 잘못 걸었다고 말하려던 순간에 문득 잊고 있던 판이의 딸이 생각났다. 판이 딸? 민아는 그렇다고 했다. 어떻게? 핸드폰, 아니 연락처는 어떻게 안 거야? 돌아온 조카에게 나는 연락처를 어떻게 알았는지, 그게 뭐 그리 중요하다고 그것부터 묻고 있었다.

"고모 시골집 전화번호, 엄마 수첩에서 땄어요."

그랬구나. 본가는 그대로니까. 나는 그제야 실감이 났다. 사는 곳은 어딘지, 엄마와 함께 지내는지, 남자친구는 있는지, 키가 큰지, 볼살은 어릴 때처럼 아직 통통한지, 엄마 아빠 중에 누구를 닮았는지, 묻고 싶은 게 너무 많았지만 말문이 막혔다. 잠시 어색한 침묵이 흐르자 민아가 먼저 제 이야기를 했다.

"오랫동안 계획을 세웠어요. 꾸준히 아르바이트를 해서 돈을 모았고 봄에 서울에 잠깐 다녀가기도 했었는데 그때는 일정이 촉박해서 그냥 돌아갔어요. 이번에는 방학 중에 온 거라 며칠 머물다 갈 계획이에요."

어릴 때 판이의 품에서 떨어지지 않았던 겁 많고 수줍던 민아는 그때와 달리 민아는 나의 궁금증들을 들여다보기라도 한 듯 묻기도 전에 제 이야기를 했다. 어투가 조금 어색했지만 우리말로 소통해도 문제가 없어 보였다. 다만 너무 오랜만이라서 자연스러운 대화가 어려웠고 중간에 침묵이 고요처럼 흘렀는데 그때마다 민아가 먼저 말을 이었다.

"고맙다."

"네?"

"씩씩하게 잘 자란 것 같다고."

"네."

다시 침묵이 이어졌다. 나는 혼자 왔는지 물었고 민아는 그렇다고 대답했다. 그러더니 이번에는 사뭇 진지하게 뜸까지 들여가며 물었다.

"저, 어떠세요?"

"어?"

민아가 무얼 묻는지 짐작하면서도 나는 딴청을 피웠다. 잘 계시죠? 나는 민아의 질문에 그렇다거나 아니라고 대답할 수가 없어 마른침을 삼키고 긴 한숨을 내쉬었다. 뭔가 예상한 듯 민아는 더 이상 묻지 않았고 다음 날 이곳으로 오겠다고 했다. 내가 집 주소를 보내겠다고 하자 민아는 판이의 원룸에서 보자고 했다.

"찾기 어려울 거야."

민아는 주소 앱으로 검색하면 찾아올 수 있다고 했다. 통화를 마치고 주소를 전송했다. 곧이어 점심 때쯤 도착할 거라는 메시지가 도착했다.

밤새 잠을 설쳤다. 눈을 감으면 민아가 형체도 없이 나타나 판이에 대해 물었고 나는 변명처럼 뭔가를 말하려다 목소리가 나오지 않아 잠에서 깨곤 했다. 아침에 일어났을 때는 두통 때문에 머리가 깨질 것 같았다. 언제 들어왔는지 남편이 서재에서 세상모르고 자고 있었다. 간단하게 주스와 빵을 구워 식탁에 두고 한의원에 들러 어깨와 머리에 침을 맞았다. 치료를 마치고 먹자골목 뒤편 원룸으로 향할 때 남편이 어디냐는 문자를 보내왔다. 나는 전화를 걸어 민아에 대해 이야기했다. 남편은 잘됐다며 판이도 곧 돌아올 거라고 했다. 그게 아니라 당장 판이의 부재를 어떻게 말해야 좋을까? 민아가 놀라지 않게 잘 설명해야지. 곧 돌아올 거라고 말해. 그리고 오늘은 좀 천천히 출근해. 남편의 말에 나는 먼저 서운했고 이어 심사가 뒤틀렸다. 어지간해서 감정 기복 없이 태연함을 유지하는 남편의 낙천성이 난감한 상황에 처한 나에게는 조금도 도움이 되지 않는다는 게 문제였다. 나는 남편처럼 천연덕스럽게 다 잘될 거야, 하고 말하지 못한다. 서로 달라서, 그 때문에 서른 해를 함께 살았지만 또한 그로 인해 남편이 타인처럼 느껴질 때가 있다. 나 이외의 모든 사람에 대해 냉철하게 선 긋기를 할 수 있는 사람과 살면서 무한대로 뻗어 가는 평행선을 바라보는 기분이다. 벽이나 높은 산과 마주 선 기분이야. 결혼 전 나는 남편에게 그렇게 말했다. 그건 네가 넘어야 할 벽이고 산이지. 남편의 대답에 나는 그렇지, 하며 수긍했다. 수긍했으나 서운함은 남아 있었다. 판이를 환영하거나 환대하지 못한 나도 남편과 별반 다를 것이 없다고 생각하지만 어쨌거나 남편은 주변 사람에게 좋은 사람이라는 말을 듣는다. 그와 내가 다른 사람이라는 걸 진즉에 깨달았지만 어떤 일이 벌어질 때마다 나는 그 사실을 새삼 확인하고 다름을 인정하는 것으로 나의 평행선을 되찾는다.

*

판이는 자다가 침대에서 떨어진 뒤로는 바닥에서 잤다. 침대 위에 깔던 전기장판을 바닥에 내려놓고 잠을 잤는데 눅눅한 방 때문인지 일 년도 못 쓰고 장판이 고장 났다. 방 안의 물건들은 모두 판이를 닮았다. 판이는 청결 따위는 신경 쓰지 않은 지 오래였다. 아니 그건 잘못된 표현이다. 청결에 대한 개념 자체가 없으므로 '상실했다'는 표현이 적합하다. 언젠가부터 판이는 쓰레기와 사용 가능한 것을 구분하지 못했다. 골목 곳곳에 버려진 폐기물이 판이의 눈에는 죄다 쓸모 있는 걸로 보였는지 그것들을 비좁은 원룸 안에 들여놓았다. 녹슨 전신 거울, 붉은 소파, 달마도, 냄비, 접이식 밥상, 누군가 입다 버린 점퍼나 신발 등. 그것들은 어느 집 거실을 장식했거나 주방에서 사용하던 물건들이었지만 찬찬히 살펴보면 빛이 바래고 묵은 얼룩들이 곳곳에 붙어 있었다. 폐기물이라도 그것들을 소유하고 싶었던지 버리라는 나의 말에 판이는 왜 그걸 버리느냐며 괜한 트집으로 여겼다.

침대 중앙에 쇠고리가 달린 갈색 앨범이 놓여 있다. 이곳에서 유일하게 온전해 보이는 고급 가죽 앨범이다. 나는 앨범을 들어 갈색 쇠고리를 열고 표지를 넘겼다. 근사한 슈트를 입은 신랑 신부가 나란히 서서 행복하게 웃고 있다. 여느 결혼식 풍경처럼 세상에서 제일 행복한 미소다. 저렇게 행복했던가? 나는 그날 그 자리에서 그들을 보고 있었지만 사진 속 판이의 모습은 그날의 내 기억과는 사뭇 달라 보인다. 내 기억 속 판이는 화사하고 젊었던 적이 없었다. 뽀샵 효과라고 감안해도 이미지로 보는 판이는 볼에 살집이 있고 수염이 없어 말끔해 보인다. 그 시절이 판이에게 리즈 시절이었을까.

판이는 아내와 두 번의 결혼식을 올렸다. 첫 번째는 중국 처가에서, 두 번째는 민아를 낳은 이후에 미아웨딩센터에서. 암으로 돌아가신 아버지의 장례식을 마친 날 판이는 사귀는 사람이 있다고 했다. 결혼하면 되지. 나의 말에 판이는 절차가 좀 복잡하다며 중국으로 가야 한다고 했다. 그래서? 경비는 있고? 나의 말에 판이는 풀이 죽어 고개를 푹 숙였다. 나와 남편과 어머니는 의논 끝에 아버지의 암 보험금과 남은 부조금을 판이에게 주기로 합의했다. 지병이 있어 혼자 지내기 어려운 어머니를 내가 모시면 생활비가 따로 들지 않을 거라는 결론이었다.

한 달 뒤, 중국에서 판이는 스무날을 처가에서 머물렀다. 결혼식을 하고 그곳에서 필요한 서류 절차를 마치고 정식 부부가 됐다. 귀국날 판이는 공항에서 곧바로 내가 사는 G시로 오겠다고 했다. 나는 이틀 전부터 집 안 구석진 곳까지 대청소를 하고 어머니를 미용실에 모셔 가 파마를 시키고 당일 오전에 시장을 봤다. 갈비와 잡채와 나물을 무치느라 오전 내내 주방 가스불 앞에서 종종거렸다. 그러고는 오후에 학원에 잠깐 나갔다가 저녁 6시에 역으로 마중을 나갔다. 역 앞 공터에서 기다리던 나는 에스컬레이터에서 내려오는 판이를 발견했다. 판이는 검은 피부 때문인지 말끔한 슈트를 입었는데도 나이가 들어 보였고 곁에 선 신부는 화사한 주홍색 예복에 예물 목걸이와 반지를 끼고 있어서인지 상대적으로 나이가 더 어려 보였다. 가까이서 보니 심플한 목걸이와 반지는 다이아여서 어림잡아도 값이 상당해 보였다. 판이가 양손 가득 들고 온 가방과 캐리어를 차에 싣고 집에 들어섰을 때 어머니는 엉거주춤 소파에서 일어나 그들을 반겼다. 어머니에게 절을 하고 판이는 가방부터 열어 선물들을 거실에 펼쳐 놓고 처가에서 보낸 거라고 자랑했다. 홍삼, 새가 그려진 벽걸이용 표구, 말린 붉은 개미, 양식 진주 목걸이, 심지어 하얀 비닐 팩에 든 따리를 튼 마른 백사도 있었다. 나는 이렇게 받아도 되는 건지 신부의 씀씀이가 헤픈 건 아닌지 은근히 염려되었다. 식사 후 몸이 불편한 어머니는 누워야겠다며 방으로 들어갔고 판이 부부와 나와 남편은 어색하지 않게 적당한 화젯거리를 찾아 이야기를 나누며 술자리를 이어 갔다. 술잔이 오가고 취기가 오른 판이는 한껏 들떠 아내의 억척스러움에 대해 자랑했다. 한국에서 생활한 지 오 년 동안 그녀는 이모가 운영하는 식당에서 일하며(판이는 그 식당의 손님이었고 이모가 조카를 소개해 만나게 되었다) 저축한 돈으로 반지하 전셋집을 얻고 그곳에 각종 살림살이(신형 냉장고, TV, 백화점에서 산 침대, 주방 살림, 가구, 등)를 구비해 두었다며 생활력이 대단하다고 엄지를 치켜세웠다. 판이는 그곳에서 신혼살림을 할 거라고 했다. 그러자 그때까지 옆에서 얌전하게 웃고만 있던 판이의 아내가 남부럽지 않게 사는 게 꿈이라고 했다. 그래야죠. 아예 남들이 부러워할 정도 사셔야 합니다. 낙천적인 남편이 호탕하게 웃으며 덕담을 했다. 그러면 좋겠지만. 한동안 생각에 잠긴 내가 그렇게 중얼거렸는데 셋은 떠들고 웃느라고 누구도 그 말을 듣지 못했다. 나도 모르게 불쑥 튀어나온 말이어서 나는 괜한 입방정은 아닌지 반성하며 그들의 앞날에 평온함이 깃들기를 진심으로 기원했다. 나중에 그들이 가고 난 후 과도한 선물에 대해 이야기하자 남편은 예쁘게 보라며, 괜한 걱정이라고 나의 지나친 염려를 나무랐다. 그러면서 덧붙여 판이도 제 가정을 꾸렸으니 이제부터는 신경 쓰지 않아도 알아서 잘 살 거라고 했다. 진심 기우였으면 좋겠다고 생각한 나는 잠시, 아주 잠시 동안이었지만 판이를 잊고 지낸 적도 있었다. 그로부터 두 달쯤 지나서 판이는 전화를 걸어와 다시 아쉬운 소리를 했다. 천만 원을 다 썼다고? 이젠 알아서 살아. 나는 판이의 부탁을 단호하게 거절했지만 이번에는 어머니가 용돈을 모은 통장을 내놓았다. 판이는 어머니의 통장까지 털어 낡은 트럭을 장만했다. 이후로 판이는 새벽마다 노량진 수산 시장에 가서 제철 생선을 떼다 팔았다. 주로 미아리 재래시장 길목에서 장사를 하다가 남은 물건은 식당을 돌며 떨이로 넘긴다고 했다. 판이의 결혼 생활은 그때부터 조금씩 균열이 생겨났을 것이다.

육 개월쯤 지났을 때 판이의 아내는 병원에 다녀왔다며 임신 소식을 전해 왔다. 전화로 이야기하는 동안 그녀는 아이를 키우려면 돈이 든다는 말로 서두를 시작했다. 돈이 있어야 아이를 키우는데 벌써 검사 비용이 십만 원이 넘게 나왔다, 기형아 검사도 해야 한다는데 걱정이다. 그런데도 판이는 걸핏하면 일을 나가지 않는다. 힘들다고, 비가 온다고, 갖가지 핑계로 일을 안 나가는데 아이를 낳아야 할지 걱정이다. 그녀가 거침없이 하소연을 쏟아 내는 동안 듣고 있던 내 가슴이 답답하고 숨통이 조이는 것 같았다. 나더러 어쩌라는 건지, 판이의 아내도 내게 기대려는 건 아닌지, 의도를 파악하며 나는 정신을 차려야 할 텐데 걱정이다, 하며 적절한 장단을 맞추었다. 그런 전화가 몇 개월째 이어지자 종국에는 더 이상 뭐라 해 줄 말이 없어진 나는 가끔 한숨을 삼키며 조용히 그녀의 푸념을 듣기만 했었다.

어떻게든 잘 살아 보겠다던 아내의 욕망을 판이는 채울 수 없음을 알고 있었을까? 어쩌면 반대로 남편의 게으름을 일찌감치 파악한 아내가 곧이어 닥쳐올 불안에 대한 알 수 없는 징후를 발견했는지도 모를 일이다. 판이 아내는 민아가 태어나 두 돌이 되기도 전에 일본으로 건너갔다. 아이가 어렸을 때 돈을 벌어야 남부럽지 않게 키울 수 있다는 주장이었다. 유치원 들어가기 전에, 유치원 졸업 전까지, 초등학교 입학하기 전까지 귀국을 미루고 미루던 그녀는 끝내 판이에게 돌아오지 않았다.

*

어머니의 기일에 나는 판이를 데리고 고향에 다녀올 생각이었다. 아침부터 우중충한 날씨였지만 나는 일찍 움직여 마트로 갔다. 마른오징어와 알록달록한 사탕 한 봉지와 막걸리 한 병, 일회용 컵을 사서 트렁크에 싣고 동네를 돌았다. 먹자골목에서 시작해서 반대편 큰길 건너 원룸촌까지 다 뒤져도 판이는 어디에도 보이지 않았다. 혼자라도 다녀오려고 순환로로 빠지는 길목인 아델리움 후문으로 향했을 때 맞은편 편의점에서 리어카를 세워 두고 막걸리를 마시는 판이를 발견했다. 판이를 조수석에 태우고 도시를 빠져나가는데 차 안이 순식간에 막걸리 냄새로 가득 찼다. 창문을 열고 머리가 아프다고 투덜댔지만 판이는 눈치 없이 그저 신나서 옛날에 고속버스를 타고 집에 내려갔던 시절에 대해 주절거렸다.

"입 좀 다물지? 냄새 나!"

"문 열면 되잖아!"

문을 열면 차가 흔들렸다. 참다못한 내가 엑셀을 밟으며 제발 입 좀 다물라고 소리쳤다. 판이는 한동안 침묵했다가 어떤 풍경을 만나면 또다시 떠들었다. 과거의 회상이 떠오르면 판이는 감정이 동화된 듯 흥분 상태를 보였다. 목적지를 삼십 분쯤 앞두고 구토가 일었다. 목울대까지 찬 위액을 삼키느라 눈물이 날 지경이었다. 손바닥에 차오르는 식은땀을 옷에 닦던 중 차가 갓길로 기울었다. 순간 바짝 긴장해서 운전대를 붙잡았으나 퍼뜩 두려움에 등골이 서늘했다. 끝없는 길이 다가올 미래처럼 보여 순간 공포스러웠다. 판이와 함께 병원에 가고, 의사의 진단을 듣고, 원룸으로 시장을 봐 나르고, 그들을 지나치며 느끼는 눈동자들에서 비치는 혐오와 수치심을 견뎌야 한다고 생각하니 토가 나올 것 같았다. 차창을 열고 전속력으로 달렸다. 쭉 뻗은 도로가 끝없이 이어진다면 하늘 끝까지 달리는 게 차라리 나을지도 모른다고 생각했다. 모닝이 하늘로 날아오를 것처럼 차체가 흔들리자 판이가 제발 속도 좀 줄이라고 두 손으로 문고리를 붙들고서 애원했다. 그 순간 멀리서 하늘과 맞닿은 바다가 나타났다. 나는 그제야 속도를 줄이고 브레이크를 밟아 완도 서부 길로 접어들었다.

리아스식 해안가를 따라 뱀의 허리처럼 휘어진 길들이 이어졌다. 열린 차창으로 불어오는 짠내에 속이 진정되어 울렁증이 가라앉았다. 둑방 길을 지나 마을 초입으로 들어서는 길에 양 갈래 화살표가 선명한 표지판이 서 있었다. 오른쪽으로 화흥포항이 표시돼 있었다. 왼쪽으로 핸들을 꺾어 마을 건너편 도로를 달려 야산을 개간한 산소에 도착했다. 트렁크에서 비닐봉지를 꺼내 부모님 봉분 앞으로 가 진설을 했다. 절을 하고 나서 올렸던 제주를 봉분 주변에 뿌렸다. 판이가 뿌리고는 남은 막걸리를 한 컵 마시는 동안 나는 봉분 주변에 난 쑥 뿌리를 뽑았다. 10분쯤 그곳에서 머물다가 집으로 갔다. 먼지가 쌓인 집 안을 신발을 신고 둘러보다가 안방 이코노미 티비 상자 속에서 판이의 앨범을 발견했다. 내가 그것을 내밀자 판이가 앨범을 들고 차로 가 뒷좌석에 앉았다. 다시 G시로 가려고 보니 고향에 도착해서 머문 시간이 고작 20분이었다. 곧장 돌아가기 아쉬워서 나는 화흥포를 들렀다 갈 생각으로 그곳으로 차를 몰고 가다가 우측으로 난 간척지를 살폈다. 예전에는 갯벌이었다. 갯벌을 막아 화흥포가 생긴 후로 마을 사람들은 생계가 막막했다. 난바다에서 김을 채취하는 건 힘 있는 젊은이나 어선이 있어야 가능한 일이어서 내 부모님의 생계도 마찬가지로 막막했다. 보상금은 빚 갚느라 순식간에 동이 났다. 마침 이웃이 도시로 떠난다며 헐값에 넘긴 나룻배로 아버지는 여름에 관광 배를 운영했다. 수입은 생각보다 괜찮았지만 돈벌이는 여름 한철이어서 나머지 계절에는 언제나 가난했다. 이후로 제주에서 화물선이 드나들자 아버지는 부두 노동자 노조에 가입했다. 5년 동안 아버지는 그곳에서 귤 상자를 날랐고 퇴근 후 집에서 식사를 마치고 8시쯤 돌아가셨다.

*

"저기 삼두리에서 땔감 해서 배로 날랐는데 이제 물길이 사라졌네?"

판이가 간척지를 바라보며 감탄인지 서운함인지 모를 소리를 했다.

"화흥포 생긴 건 알아? 그곳에서 아버지가 낚시했잖아."

"난 낚시 싫었어. 잡히지도 않는 고기를 잡겠다고 가만히 있느라고, 죽는 줄 알았어."

판이의 말은 뜻밖이었다. 언제 낚시를 했다는 건지. 그곳은 위험해서 아이들에게는 금지 구역이었다. 어른들도 그곳에는 잘 가지 않다가 명절 때 제상을 차리기 위해 넙적바위를 찾아갔다. 낚시 도구를 챙겨 밤중에 그곳으로 간 아버지는 다음 날 새벽에나 돌아왔고 나는 잠결에 언뜻 아버지의 목소리가 들리면 안심하고 다시 잠이 들었다. 동창으로 해가 들이쳐 아침 일찍 일어나 보면 마당 귀퉁이 장대 높은 곳에 내장이 손질된 감성돔이나 볼락이 높이 매달려 있었다. 생선은 하루 종일 해풍과 햇빛에 말려 건조시켰는데 그것으로 아버지의 명절 준비는 끝이 났다. 어머니는 부산하게 읍내를 드나들며 사과를 사 오고 명절 때만 입을 수 있는 새 옷을 사 왔다. 주로 판이의 옷이 대부분이었다. 키가 쑥쑥 자라 손목과 발목이 휑하게 드러나는 판이는 들로 산으로 거침없이 돌아다녀 바지에도 팔꿈치에도 구멍이 뚫려 철마다 새 옷이 필요했다. 내게는 머리핀 정도가 고작이어서 어린 마음에 나는 늘 불만이었다. 그때 기억을 아무리 되짚어도 낚시를 따라갔던 판이의 모습은 도무지 떠오르지 않았다. 그렇다고 판이의 기억이 왜곡된 것 같지도 않아서 이번에는 아버지가 서운했다. 얄미운 마음에 나는 짓궂을 제안으로 판이를 슬쩍 떠봤다.

"낚시 잘하겠네. 작은 통통배 하나 사 줄까? 이곳에서 낚시하면서 살래?"

"싫어."

단 일 초의 망설임도 없이 판이는 나의 제안을 단호하게 거절했다.

"일하고 싶으면 하고 싫으면 안 하면 되는데, 왜?"

"바다에 빠지면 시체도 못 건져."

시체라도 남기고 싶은 판이의 마음에 나는 할 말을 잃었다. 그건 두려운지 묻고 싶은 걸 참느라 룸미러로 판이를 빤히 바라보았다. 물속을 부유하는 자신의 모습을 상상하기라도 한 듯 판이는 미간을 잔뜩 찌푸린 채로 새로 생긴 둑방 아래로 난 도로를 살피고 있었다.

"갈 때는 저리 가자."

판이의 말이 끝나기도 전에 항구가 나타났다. 선착장에 정박 중이던 민국호가 서서히 출발하고 있었다. 저런 배에서 아버지가 귤 상자를 날랐구나, 이곳에 오는 데 이십 년이나 걸렸구나, 그런 생각에 나는 왠지 삶이 허무하다는 생각이 들었고 몹시 허탈했다. 잔뜩 흐린 날씨도 한몫 거들었다. 멀리 섬에서는 먹장구름이 몰려오고 있었고 바람이 심상치 않게 일어 파도가 출렁였다.

나는 방파제 근처에 차를 세우고 넙적바위를 찾았다.

"이쯤이었나?"

"모르겠다."

판이가 시큰둥하게 대답하더니 어디론가 사라졌다. 바위가 있었을 거라 추정되는 장소는 모조리 시멘트로 덮여 있었다. 방파제 안쪽에서는 민국호가 선체를 돌려 후진 중이었다. 선미가 향하는 곳 옹벽 아래서 낚시하는 두 사람이 보였다. 그들 중 한 사람이 물고기를 낚아채는 모습을 보며 나는 문득 낚시를 하고 싶다는 생각을 했고 아직 도시로 돌아가기에는 시간 여유도 있고, 괜히 아쉽기도 해서 매표소 맞은편에 있는 가게를 찾아갔다. 슈퍼에서 낚시 도구와 낚싯밥으로 냉동 잔새우를 사 들고서 옹벽 근처로 갔다.

옹벽 가장자리에서 내려다본 바다는 벼랑처럼 아찔했다. 수위는 낮았지만 바닷물이 점차 일렁이며 옹벽으로 차올랐다. 자칫 발을 잘못 디디거나 넘어지기라도 한다면, 생각만으로도 아찔한 높이였다. 뒤를 바라보니 대형 크레인이 페인트가 벗겨져 녹슨 채로 세워져 있고 그 뒤편으로 테트라포드가 제멋대로 잔뜩 쌓여 있었다. 파도가 넘쳐도 저것들을 붙잡으면 괜찮겠다 싶어 다소 마음이 놓였다. 다섯 발자국쯤 우로 떨어진 모퉁이에 선 남자 둘이 아찔한 옹벽이 아무렇지도 않다는 듯 낚시를 하고 있었다. 그들은 짐작컨대 판이의 연배로 보였다. 나는 밧줄이 친친 감긴 계선주 안쪽에 서서 낚싯대를 휘둘렀다. 릴은 풀어지다 말았고 찌는 방죽 안으로 휘도는 곳에 떨어져 파도에 두어 번 휩쓸려 옹벽 근처로 밀려왔다. 몇 번을 던져도 마찬가지였다. 남자 둘은 번갈아 가며 물고기를 잡아 올리는데 릴 푸는 것도 변변하게 못해 나는 은근히 조바심이 일었다. 처음부터 대어를 낚겠다고 벼르다가 점차 포기하고 종내는 손바닥만 한 크기라도 기대하며 입질이 오기만을 기다렸다. 그러는 동안 바람이 점차 거세졌다.

한참 후에 판이가 크레인 뒤에서 불쑥 나타났다. 그러더니 나와 남자 둘 사이에 서서 한동안 상황을 주시했다. 그들이 손바닥만 한 물고기를 줄잡아 열 마리쯤 낚아 올리자 판이는 두 남자에게 회나 한 점 하자며 능청을 떨었다. 덩치가 큰 남자가 판이를 흘끔 보더니 칼이 없다고 했다. 나는 판이에게 만 원을 내주며 컵라면과 커피와 빵을 사 오라고 심부름 시켰다. 그런 다음 나는 릴을 감아 줄을 건져 올렸다.

다시 던졌으나 이번에는 숫제 찌가 옆 사람 줄 위로 날아가 뒤엉켰다. 당황한 내가 죄송하다고 하자 체구가 깡마른 남자가 선뜻 나의 낚싯대를 붙잡더니 줄을 잘라 냈다. 그러고는 자신의 가방에서 작은 바늘을 꺼내 능숙한 솜씨로 엮어 주었다. 뿐만 아니라 잔새우 대신 갯지렁이를 끼어 이번에는 제대로 릴을 풀었다.

바람을 가른 찌가 멀리 물길로 떨어졌다.

"대 끝을 잘 살펴야 해요. 끝이 톡톡 움직이면 그때 줄을 당겨요."

남자의 말대로 낚싯대 끝을 주시하던 나는 톡톡거리는 움직임을 포착했다. 드디어 물고기를 낚는구나 싶어 나는 흥분된 상태로 릴을 감아올렸다. 바늘 끝에는 몸통이 절반이나 뜯긴 갯지렁이가 남아 있었다. 따 먹혔어? 오 분 거리를 십여 분 만에 다녀온 판이가 비닐봉지를 바닥에 내려놓고 대신 지렁이를 낀 낚싯줄을 멀리 던지고 찌를 살피기 시작했다. 본격적으로 비바람이 시작되었다. 나는 차로 가서 우산을 가져왔다. 그사이에 옆자리 남자들은 가고 없었다. 판이는 그들이 낚시한 가장자리에서 낚싯대를 던졌다. 파도가 옹벽을 넘어섰다. 이제는 포기하고 가야 할 시간이었다. 그만 가자! 나의 말에 뒤늦게 승부욕이 발동한 판이가 딱 한 번만 더 던지겠다고 했다. 출근 시간은 이미 늦었고 내심 오기가 생긴 나는 강의 시간 전에 도착해도 될 것 같아 그러자고 했다. 딱 한 번이 통했는지 이번에는 낚싯줄이 팽팽했다. 대어가 걸린 것 같다며 판이는 맨손으로 줄을 잡고 사투를 벌였다. 옹벽 위로 튀어 오른 파도에 쫄딱 젖은 판이는 끝내 낚싯줄을 붙들었고 20여 분이 지나 마침내 줄을 끌어 올렸다.

이제와 생각해 보면 그때, 줄을 끊었어야 했다. 포기할 것과 포기하지 말아야 할 것의 임계점을 나도 판이도 알지 못했다. 그날 판이가 건져 올린 것은 쓰레기 더미였다. 낚싯줄과 밧줄이 얽힌 더미 사이에 미역과 다시마가 뿌리를 내리고 자라 있었지만 쓰레기가 분명했다. 판이는 쓰레기 더미를 멍하니 바라보더니 라이터를 켰다. 비바람에 불이 붙지 않자 반대 방향으로 돌려 점퍼를 세워 라이터를 켰다. 불꽃이 켜졌다 꺼졌고 바닥에 쓰레기더미가 툭 떨어졌고 이내 판이는 담배를 피워 물었다. 그때였다. 돌풍이 몰아치더니 내가 들고 있던 우산을 훌러덩 날려 버렸다. 바닥에 있던 비닐봉지며 갯지렁이가 든 종이상자도 삽시간에 비바람에 휩쓸려 어디론가 사라졌다. 파도가 옹벽 위까지 올라와 잡히는 것들을 휩쓸기 시작했다. 멀리 난바다에서 산처럼 일어선 파도가 화흥포항을 향해 거침없이 밀려오고 있었다. 가자! 나는 판이를 향해 소리치고 뒤돌아섰다. 비바람이 정면에서 불어와 눈을 뜨기가 어려웠다. 나는 바람막이 트렌치코트를 머리까지 둘러쓰고 허리를 굽힌 채로 주차장 쪽으로 내달렸다.

*

사진첩을 몇 장을 넘기자 폐백 사진이 보인다. 한복을 입은 부부 사이에 앉은 민아가 웃고 있다. 한복을 입고 있어 돌 사진 같지만 폐백 사진이다. 나는 그날 맞은편에서 그들이 사진사를 향해 포즈를 취하는 걸 지켜보고 있었다. 그날은 판이의 두 번째 결혼식이었다.

결혼식 내내 나는 둘째 아이와 민아를 양손에 안고서 쩔쩔매고 있었다. 아이들은 처음 본 또래의 사촌을 마주 보다가 한꺼번에 울음을 터트렸다. 기념 촬영이 끝나자 신부가 나에게 다가와 상기된 얼굴로 말했다.

"열심히 벌어서 민아에게는 좋은 것만 해 주려고요."

그러자 엄마가 저를 부르는 줄 알고 민아가 팔을 벌려 안기려고 했다.

"기다려, 이층에서 폐백 사진 찍어야 해."

그녀가 돌아서자 판이도 서둘러서 이층 폐백실로 올라갔다. 부모에게서 외면당한 민아가 자지러지게 울어 댔다. 잠시 잠잠했던 둘째도 덩달아 울어 대서 나는 두 아이를 양팔에 안고서 폐백실로 올라갔다.

"여기 보세요. 찍습니다."

사진사가 소리치자, 상 위에 장식된 폐백 음식에 손을 뻗던 민아가 카메라를 향해 방긋 웃어 보였다.

폐백 사진은 그렇게 찍은 거였다. 그래도 웃는 사진이어서 다행이다. 사진첩을 넘기자 중간쯤 갈피에서 스냅사진이 나왔다. 판이와 민아가 철쭉을 배경으로 찍은 사진이다. 판이가 목마를 태워 신이 난 민아가 철쭉보다 더 붉은 목젖이 보이도록 활짝 웃고 있다. 동그란 입술이 활짝 핀 연분홍 양귀비꽃처럼 화사하다. 화룡점정은 붉은 수술처럼 선명한 아이의 목젖이다. 판이는 민아를 예뻐했다. 매사가 심드렁하던 판이의 눈이 반짝이고 얼굴에 생기가 돋아난 건 민아 이야기를 할 때였다. 민아는 주중 일과가 꽉 차 있다고 했다. 낮에는 유치원에 다니고 귀가해서는 밤까지 중국어, 영어, 연산, 교구, 동화책 읽기까지, 공부하느라 바빠서 아버지여도 만날 수가 없다고 했다. 민아를 만

나는 건 주말에 몇 시간뿐이었다. 토요일 아침 일찍 판이는 장모가 사는 집으로 찾아가 문 앞에서 민아를 기다렸다. 오늘은 어디 갈까? 외출 준비를 마친 민아가 나오면 판이는 쪼그려 앉아 민아와 눈을 맞추고 물었다고 했다. 민아는 두 팔로 판이의 목을 껴안고 신이 나서 되물었다. 어디 갈 건데? 그러면 판이는 민아가 원하는 곳으로 데려가 놀았다고 했다.

"민아는 수영하는 걸 좋아했지. 감기가 걸리면 야외로 나가 꽃구경도 하고 사람들 구경하면서 떡볶이나 어묵 같은 걸 사 먹였어. 그렇게 민아와 놀다가 장모에게 데려다주면 이번에는 장모가 대놓고 잔소리를 하는 거야. 민아 애미는 타국에서 잠도 못 자고 고생하는데, 주방 구석방에서 발도 못 뻗고 쪽잠 자면서 돈 버는데, 애비는 놀러나 다니고 쯧쯧, 여자는 서방을 잘 만나야지. 민아가 듣는 것도 개의치 않고 장모는 대놓고 중얼거리고는 문 안으로 민아를 데리고 들어가는 거야."

민아는 헤어질 때마다 울지 않은 적이 없었다고 했다. 가지 말라고 판이를 붙들며 떼를 써서 다음에 또 오겠다는 약속을 했다고. 약속을 지키느라 판이는 주말마다 장모의 잔소리도 참아 가며 민아를 보러 갔다고 했다. 민아에 대해 이야기하다 보면 판이는 언제나 웃다가 울다가 종내는 소주를 마시며 손등으로 눈물을 훔쳐 냈다. 그렇게 위한다면 같이 살면 되지 않아? 나의 제안에 판이는 고개를 절레절레 흔들며 절대로 불가능하다고 했다.

"말도 마. 장모가 만날 때마다 돈 얘기만 해. 모든 이야기를 돈으로 시작해서 돈으로 끝낸다니까? 생각만 해도 끔찍해."

취기가 오르면 판이는 장모 소리만 들어도 정색하며 손사래를 쳤다. 장모가 장인과 헤어진 것도 잔소리 때문일 거라고 했다. 세상 그 누구도 질겁하고 줄행랑칠 잔소리라고. 그래서 중국에 갔을 때 고모 집에서 머물렀던 거였어? 한 번은 물어야지 했던 나는 어느 날 판이에게 대놓고 물었다. 그때만 해도 좋았는데. 판이는 잠시 회상하더니 한숨을 길게 내쉬며 고개를 주억거렸다.

판이는 오랫동안 아내가 돌아오기를 기다렸다. 그러는 동안 장모는 딸의 고생이 사위의 잘못이라며 노골적으로 판이를 싫어했다. 민아가 자랄수록 장모와 판이의 관계는 회복하기 어려울 정도로 악화되었다. 위태롭던 그들의 결말은 엉뚱하게도 장모가 구속되는 것으로 갈림길에 놓였다. 불법 체류자로 누군가 신고했는데 당장에 민아를 돌볼 사람이 없다고 나에게 민아를 부탁했다. 그것뿐만 아니라 장모가 풀려나려면 이백만 원이 필요하다며 돈까지 요구했다. 나는 둘 다 거절했다. 내게는 아이를 키우는 것도 돈을 빌려주는 것도 힘에 부치는 일이었다. 남편에게 넌지시 이야기를 꺼냈는데 그때도 남편은 언제나 타인의 처지를 대하듯 판이의 상황에 대해 거리를 두면서 알아서 할 거라고 선을 그었다. 내색은 안 했지만 은근히 나에게도 거리 두기를 바라는 눈치였다. 뭔가 해결책을 세워도 판이나 판이의 아내가 세워야 된다고 네가 나설 상황이 아니라고. 그렇게 무언의 말을 하는 것 같았다.

*

　민아는 초등 2학년이 되던 해, 2월에 사라졌다. 판이는 딸을 잃어버렸다고 했다. 말이 돼? 나는 초등학교 2학년이 된 아이를 잃어버리다니, 말이 되냐고. 학교에는 가 봤는지 추궁하듯 물었지만 판이는 모른다고만 했다. 어느 때는 제 엄마가 데려갔을 거라고 횡설수설하기도 했다. 보호자 동의도 없이? 아, 몰라. 모른다고. 그즈음에 판이는 만날 때마다 술에 취해 있어서 제대로 된 대화가 불가능했다. 정신 차려야지, 내가 채근하면 판이는 해도 안 되지 않느냐면서 너무 그러지 말라며 적반하장으로 서운하다고 했다.

　판이가 해도 안 된다는 말은 그때를 말하는 거였다. 한때 아내를 찾아 무작정 일본으로 간 판이는 건설 현장에서 날품을 팔았다. 건물 외벽을 타고 이층으로 벽돌을 나르는 일이었다. 힘들어도 아내와 함께여서 하루도 빠지지 않고 일하던 판이는 일주일쯤 지난 어느 날 천재지변으로 인한 재난을 겪었다. 지진이 일어나 건물이 흔들리는 바람에 이층 난간에서 떨어져 하반신이 흙더미에 깔리는 대형 사고를 당했다. 응급실에 실려 가 CT를 찍고 다친 곳이 없어 다행이라 안도했지만 판이는 불법 체류자 신분이어서 한국으로 돌아와야 했다.

　민아가 사라진 이후로 판이는 폐인처럼 살았다. 새벽마다 전화를 걸어와 횡설수설 알 수 없는 말들을 지껄였다. 미친 새끼 술 처먹었으면 곱게 잠이나 자. 잠결에 나는 욕을 하고 전화기를 꺼 버렸다. 그럼에도 판이는 개의치 않았고 전화를 걸어와 횡설수설했다. 참다못한 나는 집 전화를 없애 버렸고, 핸드폰도 바꾸었다. 이후로 연락이 두절

됐다가 판이를 다시 만난 건 삼 년 전이었다.

　미아 일동 파출소에서 전화가 걸려 왔다. 경찰은 판이를 아는지 물었고, 나는 대답 대신 연락처는 어떻게 알았는지 되물었다. 그는 시댁 본가에 전화를 걸어 번호를 알아냈다고 했다. 나는 갈 곳이 없는 판이를 데려왔다. 함께 살게 된 판이는 아무것도 하지 않으려고 했다. 몰라, 아, 귀찮아, 내버려 둬. 판이는 네 마디로 감정을 표현했고 뭐든지 강요로 받아들여 거부했다. 나는 함께 살면서 겪어야 하는 소소한 일들로 신경이 잔뜩 곤두섰고 판이는 그런 나를 피해 밖으로만 나돌았다. 청소를 하려고 방에 들어간 나는 커튼 아래 숨겨 둔 물병을 발견했다. 판이는 삼다수 2리터짜리 물병에 오줌을 받아 숨겨 놓았다. 이상 행동이 반복되자 나는 판이를 병원에 데려갔다. 인지기능검사 결과 치매 초기라고 했다. 병원에 입원시키기도 그렇다고 집 안에 가두기도 어려웠다. 나는 집 근처에 원룸을 얻어 판이를 분가시켰다. 주말마다 시장을 봐서 원룸으로 찾아갔지만 판이는 그곳에 없을 때가 많았다. 제멋대로 어딘가를 돌아다니다 돌아오는 것이 일상이었다. 일 주나 이 주가 지나면 먹자골목 편의점 의자에 앉아 멍하니 지나가는 사람들을 바라보는 판이를 발견할 수 있었다. 그런 날들이 반복되다 보니 판이가 보이지 않아도 나는 어딘가를 돌아다니다 알아서 돌아오겠지 싶었다. 이번에는 좀 오래 걸린다고 생각했다. 언제나 돌아왔으니까.

　하필 판이가 부재중일 때, 민아가 돌아온 것이다. 언젠가 제 판이를 찾아올 거라고 예상은 했지만 지금은 적절한 때가 아니었다.

　아침부터 머리가 쏟아질 것처럼 머리가 아파 왔다. 백혈혈과 풍지

혈을 지압해도 효과가 없자 나는 한의원부터 찾았다.

"아프면 숨을 참는군요. 통증이 와도 호흡을 하세요. 숨을 참으면 혈액 속에 산소가 부족하게 됩니다. 육체는 유기적으로 움직이죠. 어깨가 뭉치는 것도 간 기능과 연관됩니다. 스트레스를 받으면 몸의 기능이 저하되고 순환이 안 되면 없던 병도 생깁니다. 마음을 편히 가지세요. 맑은 날에는 기분도 맑아지죠. 마음도 그러하답니다."

침을 놓으며 조언하던 한의원 원장의 말을 새긴 나는 호흡을 조절하며 맑음을 유지하려고 노력했다. 다만 그 노력이 지속성을 상실해서 문제였다. 한의원에서 나와 큰길을 건너 골목길에 접어들 때까지도 유지되던 맑음이 원룸에 들어선 순간 순식간에 흩어져 잿빛으로 바뀌었다.

밖으로 나가고 싶은 충동을 억누르기 위해 앨범을 마저 넘겼다.

맨 뒷장에서 얌전하게 접힌 서류 봉투가 나왔다. 제적증이었다. 첫 페이지에 판이의 이름이 증명사진 크기의 표에 떡하니 적혀 있다. 그 아래 작은 셀에 제적이란 글씨가 인장처럼 찍혀 있고 우측으로 주소가 적혀 있다. 강북구에 세 들었던 주소였다. 두 번째 장에 판이의 아내가, 마지막 장에 민아의 기록이 적혀 있다. 두 사람은 혼인신고를 했고, 합의이혼을 했다. 민아가 아홉 살 되던 해였다. 나는 눈을 끔뻑이고 다시 살폈다. 이혼 후 판이의 아내는 미아동을 근거지로 국적을 취득했다. 민아의 친권자는 판이가 아니라 판이의 아내였다. 이혼? 합의하에 가능한 절차였다. 나는 제적증을 다시 살폈다. 판이는 이혼을 했고 아이의 친권은 그의 아내가 가져갔다. 언뜻 이혼에 동의했다는 말을 들은 것 같기도 했다. 그런데 왜? 판이는 분명 아이를 잃어버렸다

우리의 민아 109

고 했다. 혹시, 장모를 신고한 게 판이가 아닐까? 문득 그럴지도 모른다는 생각이 든다. 여태 판이에게 기만당한 것 같아 화가 치민 나는 제적증을 구겨 벽에 던져 버렸다. 벽에 부딪힌 서류 뭉치가 공처럼 튀어올라 내 발등에 떨어졌다. 나는 그것을 힘껏 발로 찼다. 이번에는 그것이 현관문 앞에 풀썩 떨어졌다. 제적증마저 판이를 닮았다. 버려도 버려지지 않는 판이는 언제까지나 내게 달라붙어 있을 것만 같다. 고향에 내려가면서 모닝이 흔들릴 때 느꼈던 그 공포가 되살아났다.

*

덜컹, 대문이 열리는 소리다. 민아일지도 모른다는 생각에 덜컥 가슴이 내려앉는다. 줄을 잡아당기면 밖에서도 문이 열린다고 민아에게 알려 주었다. 타닥, 대문 안에 들어선 발소리가 잠시 멈추었다. 딸각. 대문이 다시 닫히고 또각또각 발소리가 들려온다. 소리가 점차 가까워지는 것 같다. 문고리를 부여잡은 나는 쇠고리를 돌려 문을 잠그고서 생각한다. 부당하다. 거짓말을 한 것도, 아이를 키우지 못한 것도 다 판이의 일이다. 이곳에서 민아를 기다려야 하는 사람도, 반갑게 맞아 줄 이도, 내가 아니라 판이인 것이다. 부당함에 이유가 없다는 사실에 분노가 치민다. 불현듯 그날 판이가 등을 돌린 채로 담배를 피우던 모습이 스친다. 그 모습이 마지막이었다. 넘실거리는 파도와 비바람을 뚫고 방죽을 빠져나오느라 나는 몇 번씩 브레이크와 액셀을 밟아야 했다. 하얀 파도가 넘실대던 방죽을 겨우 벗어났지만 도시로 오는 동안 내내 비바람에 차가 흔들렸다. 운전대를 붙들고 전방을 주시하며 마침내 도시에 도착했고 저쪽 큰길가에 차를 세운 뒤 판이를 내려 주고 학원으로 갔다. 그때 이미 수업 시간이 한 타임이나 지나 있었다. 설마? 아니겠지, 아닐 거야. 나는 고개를 좌우로 흔들다가 퍼뜩 민아에게 들려줄 말을 생각해 냈다.

'판이는 네가 돌아오길 기다렸단다. 가끔은 너를 찾겠다고 어디론가 훌쩍 떠났다가 돌아오기도 했지. 어쩌면 지금 이곳으로 오는 중일지도 모르지. 곧 돌아올 거다.'

똑똑. 누군가 밖에서 문을 두드린다. 나는 숨을 깊게 들이켜 어깨를 편다. 그러고는 입꼬리를 한껏 치켜올려 미소 짓고는 고리를 풀어 조심스럽게 문을 연다. 문틈으로 눈부신 햇살이 와락 쏟아진다. 문 밖에 너를 닮은 그림자가 서 있다.

"혹시, 너니?"

역광을 받아 흐릿한 형체만 남은 그림자가 내게로 훅 다가선다.

김현우의 열쇠

김현우의 열쇠

*

 사위가 어두워질 무렵 형사 둘이 김현우의 집을 방문했다. 그들은 벨이 울리지 않자 문을 두드렸으나 반응이 없어 큰 소리로 계십니까? 누구 없어요? 소리치며 동시에 주먹으로 쾅쾅 문을 두드려 주변을 소란스럽게 했다. 처음에는 잘못 찾아든 손님이겠거니 했던 김현우는 그들이 돌아갈 것 같지 않아 마지못해 현관문을 빼꼼히 열고 누구냐고 물었다. 그러자 문밖에 섰던 그들 중 젊은 형사가 김현우를 밀치고 안으로 들어섰다. 이어 뒤따라 들어선 늙은 형사가 점퍼 안주머니에서 신분증을 꺼내 들이밀더니 무심하게 나미정이 죽었다고 했다. 그 순간 김현우는 엉뚱하게도 돌아가신 아버지를 생각했다. 치매가 심해지자 아버지는 사소한 질문에도 아무것도 모르겠다며 머릿속에 흰빛이 들이치는 것 같다고 했다. 아버지도 그랬던 걸까? 온통 머릿속이 하얘진 김현우는 불현듯 자신도 아버지처럼 되는 건 아닌지 두려웠다. 바로 앞에선 아니, 너무 가깝게 선 형사 둘이 번갈아가며 뭔가를 말했지만 김현우는 눈만 끔뻑이며 일시 정지 상태로 서 있었다. 지금 경찰서로 함께 가시죠. 젊은 형사가 임의동행을 이야기하며 팔을 잡아끌자 그제야 정신을 차린 김현우가 믿을 수가 없다는 듯 두 사람을 향해 물었다.

"정말입니까? 언제, 어디서요?"

구도로인 어등터널 인근에서 수로에 빠진 차량이 발견되었고 견인된 차 안에서 중년의 여성 운전자가 사체로 발견되었다. 신고자는 고사리와 취나물을 채취하던 60대 초반의 아주머니들이었다. 경찰은 인근에 남은 바퀴 자국으로 보아 차가 미끄러져 수로 바닥으로 추락한 것으로 판단했다. 사망자는 이미 일주일 전에 실종 신고 된 상태였다. 자세한 사고 경위를 조사하던 경찰은 그녀의 복잡한 사생활과 차 안에서 발견된 두 대의 핸드폰을 근거로 단순 교통사고에서 타살 가능성까지 염두에 두고 수사에 착수했다.

용의선상에 오른 사람은 사망자의 아이들 친부인 이상호와 김현우 두 사람이었다. 조사 결과 이상호는 사고 당일 알리바이가 확실했다. 늦은 점심을 먹고 거실 소파에 길게 누워 낮잠을 자던 그는 청소기 돌리는 노모를 피해 집을 나섰다고 한다. 집 근처 마트에서 담배 한 갑을 사서 도로를 서성거리다가 담배 한 개비 피우던 이상호는 초등생인 막내 아들에게 메시지를 보냈고, 혼자서 라면을 끓여 먹고 있다는 아들의 답문에 화가 나 나미정에게 전화를 걸어(집에 일찍 들어가라고 화를 냈다고 함) 짧게 통화를 했다고 한다. 통화를 마친 이상호는 언짢아진 기분을 누르려고 연달아 담배를 피우며 발길 닿는 곳으로 십오 분쯤 걸었다고 한다. 걷다 보니 둘째 딸이 다니는 중학교 담장이 보였고 마침 수업을 마친 차임벨 소리가 담장 밖까지 들려와서 이상호는 교문 앞으로 가 딸을 기다렸다고 한다. 마트에 찍힌 CCTV와, 학교 앞 방범용 CCTV에서 이상호가 딸과 함께 귀가하는 모습이 확인되었고 사망자의 핸드폰 사용 내역도 그의 증언과 일치했다. 또한 사고 지점까지는 차로 이동해도 왕복 한 시간쯤 소요되는 거리여서 이상호는 일찌감치 용의선상에서 제외되었다.

김현우는 경찰서로 불려 가 수시로 조사를 받아야 했다. 이웃과 왕래도 없던 그는 자신의 알리바이를 증명할 길이 없었다. 낡은 시영아파트 내부와 인근에는 CCTV가 없었고 상가 마트에는 카메라가 있었으나 고장 난 상태였다. 그는 자신의 행적을 증명해야 하는 난감한 처지에 놓여 있었다. 밖으로 나갔다는 증거도 없었지만 집에서만 칩거한다는 증명도 불가했다. 나미정이 사고를 당한 걸로 추정되는 날 밤에 택배 기사가 김현우의 집을 방문했다. 그는 참고인 진술에서 벨이 울리지 않아 문을 두드렸으나 기척이 없어서 문 앞에 상자를 두고 인증샷을 찍어 두 사람(김현우와 그의 딸, 김현우의 딸이 매번 격주로 택배를 보내왔고 배달 뒤 인증샷을 보내 달라고 함)에게 전송했다고 한다. 배송은 했으나 택배 기사는 당일 김현우를 본 적이 없다고 진술했다. 결과적으로 그날 김현우의 행적을 증명해 줄 사람은 아무도 없었다.

"핸드폰이 없어진 걸 몰랐다는 게 말이 됩니까?"

늙은 형사가 물으면 김현우는 당황하거나 혈색이 달라지거나 불안한 기색도 없이 태연하게 믿지 못하겠지만 사실이라고 대답했다.
"택배 아저씨 말고는 연락 올 곳도 없었어요. 나미정은 그냥 오고 싶을 때 집으로 찾아와서 전화번호도 몰랐다니까요. 제가, 보기보다 많이 아파서 계속 누워 있는 날이 많아요. 그날도 종일 누워만 있었어요. 다섯 시쯤이었을 거예요. 언제나 그때쯤 택배가 왔었거든요. 밖에서 텅 소리가 나서 택배가 왔나 보다 했죠. 일어나기 힘들어서 내버려뒀다가 사방이 어둑해져서야 상자를 들여왔어요."
김현우는 납득이 안 가는 진술을 끝까지 반복했다. 거짓말 탐지기 조사 결과 거짓이라고 판명 났는데도 그는 태연했다. 오랜 경험과 직감으로 범인을 가려냈던 늙은 형사는 조사가 반복될 때마다 김현우가 범인일 거라는 심증을 굳혔다. 대부분의 참고인이나 피의자는 취조가 시작되면 초조함에 이 말 저 말을 막 늘어놓는데 김현우는 그렇지 않았다. 그는 어리숙해 보이나 크게 동요되지 않았고 차분하다 못해 지나치게 일목요연하게 진술을 되풀이했다. 간혹 김현우는 눈을 감고 한동안 회상에 잠겨 심경에 변화가 인 듯했는데 늙은 형사의 기대와는 달리 그는 지병 때문에 피곤할 때마다 눈의 피로를 푸느라 생긴 습관이라고 했다. 그 외에도 여러 가지 정황이 김현우를 범인으로 지목하고 있었다. 사고 당시 사망자가 김현우의 집에 자주 드나들었고 시각장애인 그에게 운전 연수를 부탁했다는 점도 의문이었다. 분명 어딘가에 허점이 있을 만한데 결정적인 물증이 없었다. 직관에 의지한 심증뿐이었으나 끈질기게 파고들면 틈이 보일 거라고 확신한 늙은 형사는 끝까지 포기하지 않고 잊을 만하면 김현우를 경찰서로 소환했다.

＊

　그동안 김현우가 늙은 형사 앞에서 진술한 내용들은 대략 이러했다.
　"김현우 씨 당신 핸드폰이 왜 사고 차량에서 나왔을까요?"
　"나미정이 착각하고 제 폰을 가져갔을 겁니다. 나이가 들면 흔히들 그러잖아요. 나미정은 오전 열한 시쯤 집에 왔었고 여느 날처럼 청소를 마치고 점심을 차려 주고서 먹지도 않고 곧바로 나갔어요. 한 번만 더 운전 연수를 해 달라고 부탁했는데 컨디션이 안 좋아서 거절했어요. 안압이 높다고 의사 선생님이 당분간 조심하라고 했거든요."
　"그러니까 특별한 사이는 아니었다 이거죠?"
　"특별한 사이라뇨?"
　"뭐 그렇고 그런 사이 있잖습니까."
　"그럴 리가요. 그녀는 평생 아이들 아버지만 보고 살았어요."
　"아이들 친부가 유부남이던데, 사망자가 아내도 없는 당신 집에 드나든 게 상식적으로 이상하다 이거지요."
　"나미정이 가끔 제 집에 와서 밥하고 빨래하고 반찬도 만들었지만 그건 측은지심이거나 아내에 대한 의리였을 겁니다."
　"나미정과는 언제 처음 만났다고 했죠?"
　"십 년 전에요. 제가 운영하던 사업이 부도가 난 이후여서 어쩔 수 없이 시골로 이사했어요. 세 든 집은 본래 잠업을 하던 창고였습니다. 창고를 개조한 보잘것없는 그곳에 이삿짐을 풀고 있는데 나미정이 아랫집에 산다며 인사를 왔었죠. 이삿짐이 초라해서 누가 보는 게 창피했는데 그녀가 자신도 아랫집에 세 든 지 몇 개월 안 됐다고 해서 다소 안심이 되더군요. 아내가 그녀를 반기며 이웃이 생겨서 심심하지 않겠다고 친하게 지내자고 했습니다. 서로 어려운 처지여서 이후로 아내와 나미정은 급속도로 친해졌어요. 모르는 사람이 보면 진짜 언니 동생 사인 줄 알 정도로요."

김현우는 나미정과 아내가 어떻게 지냈으며 어떠한 일을 서로 도우며 지냈는지 형사가 납득할 수 있도록 설명했다. 그러자니 아내의 죽음에 대해서도 언급해야 했다. 김현우는 그 대목에서는 언제나 울컥 눈물이 날 것 같아 잠시 말을 멈추고 감정을 추슬렀다. 세월이 흐르면 무뎌질 줄 알았던 아내의 죽음은 나이가 들어서도 그를 힘들게 했다. 회한과 슬픔이 밀려들어 김현우가 격양된 감정을 가라앉히느라 잠시 숨을 고르자면 형사는 그때를 놓치지 않고 매처럼 날카로운 눈을 치켜세우며 그래서요? 하고 다음 진술을 재촉했다.

"아내가 교통사고로 죽었어요. 모든 게 달라졌죠. 아이들은 학교에 데려다줘야 하는데 저는 이미 말씀드렸지만 시각 장애 1급입니다. 사고 후유증으로 시야가 흐릿해요. 사업체가 부도가 나기 직전에 거래처 사장님과 술을 마셨는데 귀가하다가 교통사고가 났습니다. 일 년 반 동안이나 중환자실에서 의식 없이 누워 있었죠. 깨어나 보니 그 사이에 아버지가 돌아가셨더라고요. 아버지는 치매 중증이었습니다. 그분을 돌보는 것도 상을 치른 것도 아내 몫이었죠. 그때 아내는 얼마나 막막했을까요? 아내는 제가 죽는 줄 알았다고 했습니다. 정작 자신이 죽을 줄도 모르고 참 열심히 살았습니다. 저는 가끔 생각합니다. 만약에 그때 내가 죽었다면 아내는 죽지 않았을지도 모른다고요. 어찌 됐든 아내는 죽었고 살아 있는 저는 아이들을 보살펴야 했습니다. 아이들을 픽업할 수 없어서 시내로 이사를 했죠. 이사한 이후로는 나미정과 자연스럽게 연락이 끊겼고요."

그쯤에선 늙은 형사도 연민으로 잠시 감정이 동요된 듯했다. 하지만 그는 예의 주시하며 김현우를 낚아챌 기회를 노리고 있었다. 나미정과의 재회가 정말 우연인지 어느 날 언제 어디서 만났는지 끈질기게 묻고 또 물어 지난 진술서와 대조했다.

*

햇살이 따듯한 이른 봄날이었다. 그날은 왠지 몸이 가벼워서 김현우는 모처럼 밖으로 산책을 나섰다. 따스한 볕에 바람도 선선해서 제법 멀리 있는 호수 공원까지 걸어간 그는 벤치에 앉아 잠시 숨을 고르며 산책 나온 사람들을 구경했다. 완연한 봄기운에 한꺼번에 공원으로 몰려든 사람들이 북적대며 호수 가장자리 트랙을 따라 커다란 원을 그리며 돌고 있었다. 트랙 주변에 심어 놓은 벚나무 가지에도 붉은 기운이 감돌았다. 활기찬 사람들을 보니 문득 함께 걷고 싶은 충동이 일었다. 김현우는 자리에서 일어나 사람들 사이로 합류해 트랙을 따라 걸었다. 얼마 지나지 않아 벚꽃이 피겠구나 생각하며 몇 바퀴쯤 돌았을 때였다. 갑자기 시야가 뿌옇게 흐려지더니 어지럼증이 생겨났다. 자주 겪는 증상이어서 무리에서 빠진 그는 조심스럽게 근처 벤치로 가 모로 누웠다. 깜빡 잠들었던지 눈을 떠 보니 어느새 해가 서쪽으로 기울어 있었다. 밤길은 더 위험해서 서둘러 귀가하던 김현우는 멀리 아파트 담장이 보이자 그제야 안심이 되어 서두르지 않고 천천히 횡단보도를 건넜다. 길 반대편 인도에 올라섰을 때 지나가던 한 아주머니가 그에게 다가와 호들갑스럽게 아는 체를 했다.

"어머, 형부! 오랜만이에요?"

"사람 잘못 봤습니다."

아주머니를 비켜 지나며 김현우는 어디선가 듣던 목소리라고 생각했고 이내 목소리의 정체를 기억해 냈다. 발길을 돌려 뒤를 돌아보자 나미정이 이게 얼마 만이냐며 김현우의 두 손을 덥석 붙들고서 눈시울을 붉혔다. 십 년이 지났어도 그녀는 변한 게 없어 보였다. 여전히 생활이 궁핍한지 두터운 화장으로 피부를 가렸어도 얼굴에는 고생한 흔적이 역력했다. 다만 수줍고 내성적이던 그녀의 성격은 외향적으로 변한 것 같았는데 그 때문에 김현우는 그녀가 영업직에 근무하는 건 아닌가, 짐작했다. 반가워하는 그녀와 달리 김현우는 어쩐지 과거에 알던 사람을 만난다는 게 유쾌하지 않았고 빨리 집으로 가 쉬고 싶은 생각뿐이었다. 그와는 달리 나미정은 진짜 형부를 만난 듯 반가워하며 주변을 두리번거리더니 근처 커피숍으로 들어가자고 했다.

엔젤리너스에서 따뜻한 캐모마일차를 두 잔 시켜 놓고 나미정은 두 딸의 안부를 물었다.

"경기도에서 생활해요. 큰딸은 취직해서 직장에 다니고 둘째는 아직 대학생이라 큰애가 데리고 있어요."

"어머, 돈이 많이 들 텐데."

"큰애가 도와주고 둘째가 장학금도 받고, 그냥저냥."

"잘 키웠네요. 그럼 형부는 누구랑 살아요?"

혼자 산다고 하자 나미정은 집이 엉망이겠다며 청소라도 돕겠다고 어디 사는지 물었다. 김현우가 마시던 찻잔을 내려놓으며 두 손을 저어 아니라고 사양했다. 그러지 말고 당장 가 보자며 자리에서 일어선 나미정이 김현우의 팔목을 붙잡아 일으켜 세웠다. 언니를 생각하면 그 정도는 해야 도리라며 그녀는 막무가내로 김현우의 집까지 따라왔다. 나미정을 문 앞에 세워 둔 김현우는 집 안으로 들어가 대충 어수선하게 늘어놓은 집 안을 정리했다. 빈 택배 상자에 쓰레기들을 한꺼번에 담아 베란다에 내놓고 큰딸이 홀애비 냄새 풍기지 말라고 사 보낸, 한 번도 사용한 적 없는 페브리즈를 집 안 전체에 분사했다. 그러고는 창문을 죄다 열어 놓고 나미정을 들어오게 했다.

"우리 집과 구조가 비슷하네."

나미정이 집 안 여기저기를 살피더니 식탁에 구찌 숄더백을 올려놓고 청소를 시작했다. 그녀가 순식간에 청소를 마치고 걸레를 빨아 베란다 건조대에 널었다. 그때까지 소파에서 멀뚱하게 앉았던 김현우는 냉장고로 가 검정콩 두유를 꺼내 식탁에 올려 두고서 다시 소파에 앉았다. 나미정이 수납장 위에 있던 리모컨을 찾아 티비를 틀고 식탁 의자에 앉아 핸드폰을 확인했다. 티비에서는 나들이 간 차량들로 고속도로가 붐볐다는 뉴스가 방영되고 있었다. 그녀는 티비를 물끄러미 바라보며 검정콩 두유에 빨대를 꽂아 단숨에 들이켰다. 그러더니 담담하게 자신의 이야기를 주절거렸다.

"아들 둘은 남편의 호적에 올렸어요. 학비며 돌보는 것은 내가 책임지고요. 그 인간이 원래 한량이잖아요. 그게 그 여자가 자신의 호적에 아이들을 입적시키는 조건이었어요. 그래도 나는 괜찮아요. 아이들 엄마는 난데 그깟 호적이야 아무려면 어때서, 안 그래요?"

나미정은 말끝에 살짝 웃어 보였지만 웃는 얼굴이 어쩐지 쓸쓸해 보였다. 그녀의 두 아들은 사생아였다. 아이들 할머니는 나미정과 이상호가 결혼하는 걸 단식까지 해 가며 결사반대했다. 경제적으로 무능했던 이상호는 결국 어머니가 중매 선 여자와 결혼식을 올렸고 그녀와의 사이에서 두 딸을 낳았다. 학교 선생인 그의 아내는 아이들을 호적에 올릴 수 없다고 완강하게 반대했다. 그 때문에 나미정의 큰아들은 유치원에 다닐 나이가 지났는데도 병설 유치원에도 다니지 못했고 친구도 없이 시골 마당에서 혼자 흙을 파며 개미나 땅강아지를 관찰하며 놀아야 했다. 그 당시 나미정은 큰아이가 초등학교에 입학하기 전에 어떻게든 친부의 호적에 올려야 한다는 강박에 시달렸고, 이상호의 처는 호적만큼은 양보할 수 없다는 조건으로 그들 관계를 묵인하고 있어서 좀처럼 해결의 실마리가 보이지 않았다. 엄마의 성을 따르면 된다고 주변에서 알려 줬지만 사회 통념상 아이들이 힘들 거라며 나미정은 끝까지 이상호의 호적을 고집했다.

그날 이후로, 나미정은 일주일에 두 번 정도 김현우를 찾아왔다.

"남녀가 한집에서 같이 식사하는 관계라……"

컴퓨터로 자판을 두드리던 늙은 형사는 언제나 그랬던 것처럼 그 대목에서는 타이핑을 멈추고 불가능하다는 듯이 고개를 좌우로 저었다. 예외적인 상황은 늘 존재하지 않느냐며 김현우는 자신의 경우가 그렇다고 주장했다.

물론 김현우가 말하지 않은 사실도 있었다. 그렇지만 그건 매우 개인적인 사생활이었고 또한 이번 사건과는 무관한 일이어서 침묵하는 것이 나미정을 위한 일이라고 김현우는 판단했다.

나미정이 집에 드나든 지 이 주가 지났을 때였다. 청소를 마친 나미정이 온통 땀에 젖었다며 씻어도 되냐고 물었다.

"네?"

놀란 김현우의 낯빛이 사색이 되었는데도 나미정은 별일 아니라는 듯 살짝 웃으며 화장실로 들어갔다. 변기 커버 내리는 소리, 봄날 개천에 흐르는 냇물 소리처럼 졸졸 떨어지는 오줌 소리, 사그락사그락 옷 벗는 소리에 이어 샤워기에서 쏟아지는 물소리가 들려오자 김현우는 괜히 초조해져 방으로 들어가 구형 컴퓨터를 켰다. 시끄럽게 돌아가는 팬 소음에 물소리가 약해지자 김현우는 의자에 앉아 포토샵을 열고 동그라미를 그렸다. 비슷한 크기의 동그라미를 그렸다 삭제하기를 반복하던 어느 순간 적당한 원이 그려졌다. 그는 이번에는 선에 집중했다. 원 중앙에 정확히 점을 찍은 다음 남방위를 향해 세로로 선을 그어 내렸다. 원 밖으로 나온 선이 너무 짧아 정자의 꼬리처럼 보였다. 너무 작은가 싶어 조금 길게 이었다. 그러자 꼬리가 긴 기형처럼 보였다. 그는 다시 신중하게 선을 그어 내렸다. 그렇게 열쇠 로고를 그리던 중이었다. 언제 나왔는지 나미정이 뒤에서 그를 와락 껴안았다. 그녀의 머리칼에서 장미 향이 났다. 김현우는 몸을 일으켰고 나미정이 이끄는 대로 침대에 누웠다. 너무 빨리 사정한 김현우는 그녀에게 미안하다고 했다. 오래 참아서 그렇다고 다음에는 더 나을 거라고 나미정이 말했다. 그녀의 말대로 다음에는 더 나아졌다.

　하루는 나미정이 너무 좋았다고 콧바람을 섞어 가며 김현우의 귀에 대고 속삭였다. 온몸이 간질거려 김현우는 하마터면 그녀를 밀쳐낼 뻔했다. 나미정은 그날 가방에서 서류 봉투를 꺼내더니 서명이 필요하다고 했다. 실적 때문이라며 명의만 빌려주면 다 알아서 하겠다고 해서 그는 별다른 의심 없이 선선히 서류에 사인했다.

　나미정이 다녀가면 김현우는 깊은 잠을 잤다. 깨어났을 때는 두통도 사라져서 흐릿했던 시야가 맑아 컴퓨터에 앉아 로고에 집중하기도 했다. 단순하고 적절한 동그라미가 제법 그럴듯하게 그려졌고 중앙에 작은 점을 찍어 아랫부분으로 선을 그리는 일도 익숙했다. 마침내 로고가 완성되자 그는 그것을 에이포에 인쇄했다. 인쇄된 로고를 살핀 나미정은 문구만 넣으면 좋겠다고 했다. 전단지를 돌리면 주문이 들어올 것 같아요? 김현우가 물으면 나미정은 일단 시작이 중요하다고 했다. 그녀의 독려에 김현우는 한껏 들떠서 광고 문구를 구상했다. 문구를 작성하고 색과 폰트를 만들면서 고객에게 걸려 온 상담 전화에 어떻게 대처할지 미리 연습했다. 예전에 가전 대리점을 하던 때를 떠올리며 그때는 어떻게 했었는지 기억을 더듬기도 했다. 상냥하고 친절하다고 소문이 나면 일거리가 넘칠지도 모른다. 수입이 발생하면 어디에 쓸까, 상상하다 보면 나미정이 생각났다. 그러다가 불현듯 죽은 아내가 떠올라 미안하기도 했지만 김현우는 아내가 이해해 줄 거라고 믿었다. 말은 좀 거칠었지만 속내는 착한 사람이었으니까.

*

　아내는 이삿짐을 풀자마자 우유 배달을 시작했다. 빚잔치 이후 보증금 이백만 원과 낡은 트럭 한 대, 그리고 폐차 직전의 진초록색 아반떼가 전부였으나 아내는 걱정이 없어 보였다. 새벽에 나가 우유 배달을 하고 집에 돌아온 아내는 두 딸을 깨워 아침을 먹고 차로 아이들을 등교시켰다. 그러고는 학교 인근에 사는 자모들과 차를 마시고 수다를 떨다가 그들이 들로 나가면 함께 농사일을 도왔다. 한낮을 그렇게 보내던 어느 날부터 아내는 양파, 마늘, 고추, 토마토 등 수확한 농산물을 공판장까지 실어 날랐고 비료나 무거운 거름들을 운반해서 논밭 초입에 부렸다. 아내의 도움을 받은 자모들은 품삯으로 기름 값과 비품인 농산물을 넉넉하게 챙겨 줬다. 그것을 받아 온 아내는 나미정에게 농산물을 나눠 주기도 했지만 나미정은 그것보다 혼자서 심심해하는 큰아들을 아내가 자주 데리고 외출하는 걸 더 고마워했다.
　삼 개월이 지나 일정액 이상의 수입이 생기자 아내는 아이들을 피아노 학원에 등록시켰다. 왕복 사십 분 운전에 수업 시간 오십 분을 기다리는 수고로움을 아내는 기꺼이 감내했다. 그때부터였다. 아내와 나미정은 가끔 이해할 수 없는 신경전을 벌였는데 그건 두 사람이 너무 밀착된 관계에서 발생할 수밖에 없는 일종의 틈새 같은 거였다. 너무 친한 것 같아 은근히 염려하던 차에 아내가 나미정의 흉을 봤다.
　"먼저 만나면 뭐해? 결혼식도 못 올리고 첩으로 살면서. 안 그래?"
　김현우가 동조하지 않자 아내는 혼잣말로 중얼거렸다.
　"호적에도 못 올려서 큰애 병설 유치원도 못 보내잖아. 본처는 무슨!"

 그즈음 나미정은 아이들 친부와 자주 다투었다. 큰 소리가 담장을 넘어온 다음 날에는 아랫집 마당에 유모차와 장난감들이 부서진 채로 나뒹굴었다. 이후 아이들 친부는 한동안 나타나지 않았다. 나미정은 초췌하고 누렇게 뜬 얼굴로 작은아이 분유가 떨어졌다거나 기저귀가 떨어졌다며 장 보는 걸 아내에게 부탁하기도 했다. 아내가 물건을 사 오면 나미정은 다음에 돈을 갚겠다고 했다. 그런 날 아내는 이상호를 천하에 쓸모없는 인간이라고 욕하면서 나미정이 왜 저렇게 사는지 모르겠다고 했다. 냉전이 장기화되면 나미정은 한껏 치장하고 집으로 들러 아내에게 아이들을 맡겼다. 그런 다음 그녀는 선글라스를 끼고 마을 공터로 가 낯선 남자의 차를 타고 외출했다. 속내를 알다가도 모르겠어. 나미정의 험담을 하면서도 아내는 워낙 그녀와 친하게 지냈기에 김현우는 두 여자에게 묘한 소외감을 느끼기도 했다.

 그날도 아내는 나미정의 큰아들을 데리고 누군가의 집으로 놀러 갔다. 젖먹이 아이를 재워 놓은 나미정은 아이가 잘 동안 집으로 올라와 아내 대신 밀린 빨래와 설거지를 했다.
 잠실을 개조한 집은 방음이 전혀 안 됐다. 직사각형으로 지어진 창고에 적당한 간격을 두고 벽돌을 쌓아 구역을 나눠 부엌에 출입문을 달았다. 미닫이문을 열고 들어서면 부엌 양옆으로 방문이 나 있었다. 좌측 큰방은 아내와 두 딸이, 우측 작은방은 김현우가 사용했다. 작은방 외벽에 벽돌을 쌓아 판넬을 얹은 간이 시설에 세탁기가 있었다. 나미정은 그곳에서 앉은뱅이 의자에 앉아 세탁기 대신 손빨래를 했다.

다라이 가득한 빨래를 손으로 빡빡 비벼 물에 헹구었다. 그녀가 빨래를 할 때면 벽에서 사각 사각 소리가 들려왔다. 누에들이 뽕잎 갉아 먹는 소리를 벽이 품고 있다가 들려주는 것 같았다.

김현우는 혼자서 포토샵 기초 과정을 익히는 중이었다. 사고 후유증으로 시야가 흐려서 화면을 보는 일이나 툴을 익히는 게 쉽지 않았다. 그는 피로해지면 잠시 눈을 감고 있었는데 그러자니 벽에서 들리는 사각거리는 소리가 그날따라 유난히 크게 들려왔다. 문득 자신이 누에의 먹잇감이 된 건 아닌지 두려움이 일어 눈을 번쩍 떴을 때였다. 사각대는 소리가 일시에 정지한 것처럼 고요가 일순간 찾아왔고 이어 세탁기 탈수 소리가 들려왔다. 부엌에서는 나미정이 설거지를 하는지 달그락 소리와 물소리가 났다. 다음은 나미정이 마당으로 나가 빨래를 널 차례였다. 구겨진 빨래를 탁탁 펴 건조대와 빨랫줄에 널면 그녀의 한낮 품앗이는 끝이 난다. 김현우는 그녀가 가고 나면 점심을 먹어야겠다고 생각하며 고요한 순간을 기다렸다. 그때 난데없이 방문이 벌컥 열리더니 나미정이 불쑥 얼굴을 들이밀고는 커피를 마실 건지 물었다.

무심코 고개를 끄덕인 김현우는 다음 순간 바닥에 깔린 이불을 보고 당황했다. 방에는 책상과 컴퓨터와 서랍장뿐인데도 겨우 혼자 누울 정도로 공간이 협소했다. 나미정이 성큼 방 안으로 들어서더니 재빨리 이불을 개서 서랍장 위로 올려놓고는 다시 부엌으로 갔다. 그녀는 아내가 시집올 때 사 온 부부 찻잔에 믹스 커피를 타 와서는 한 잔은 책상에 올려놓고 자신은 방바닥에 앉아 서랍장에 등을 기댔다. 나미정이 한쪽 무릎을 세워 잔을 들고서 커피를 홀짝였다. 바닥에 앉아야 하나 망설이던 김현우가 흘끔 그녀를 내려다보다가 고개를 돌려

김현우의 열쇠

모니터를 응시했다. 나미정의 늘어진 스웨터 사이로 훤히 들여다보이는 가슴골이 모니터에도 선명하게 비추었다. 그가 어색한 시선을 찻잔에 두고 있던 차에 나미정이 조심스럽다며 아내 이야기를 꺼냈다.

"언니에게 신경 좀 써야 할 거 같아요. 누군가 만나는 눈치던데."

"네? 뭐라고요?"

미처 의미를 깨닫지 못한 김현우가 격양된 목소리로 되물었다. 그러자 나미정이 놀란 토끼처럼 벌떡 일어나 밖으로 나가 버렸다.

곧이어 늙은 황소의 숨소리 같은 쿨럭쿨럭한 트럭 엔진 소리가 마당에서 들려왔다. 김현우는 부리나케 커피 잔을 들고서 부엌으로 갔다. 아내가 마트 비닐봉지를 들고 들어와 조리대 위에 올려놓으며 뭐하냐고 물었다. 설거지 중이잖아. 김현우는 잔에 문양처럼 새겨진 얼룩이 안 지워진다며 수세미로 박박 문지르며 말했다. 웬 깔끔이래, 그게 보이기는 하고? 아내의 통박에도 김현우는 못 들은 척 수세미를 문질렀다.

"그만 치우고 이거 재료 손질해 놓고 애들 학교에서 오면 몇 줄 싸 먹여. 나머지는 낼 소풍 갈 때 쓸 거야. 당신도 적당히 먹고. 참, 차는 고쳐 놨지?"

"어, 어……"

아내는 한꺼번에 여러 가지를 주문하고 마지막에 결정적인 말을 덧붙여 김현우를 난감하게 하는 경향이 있었다. 뭔가에 집중하면 말끝을 못 알아듣는 김현우는 그 때문에 아내에게 자주 잔소리를 들었다. 그날도 그랬다. 찻잔 얼룩에만 집중하던 그가 찰캉하는 금속음을 듣고 마당으로 뛰쳐나갔을 때는 낡은 트럭만이 대문 옆에 덩그러니

서 있었다. 성질 급한 아내는 어느새 아반떼를 몰고서 멀리 마을 초입을 벗어나 국도로 접어들었다가 이내 시야에서 사라졌다. 괜찮겠지? 괜찮을 거야. 초조한 듯 중얼거리던 김현우는 부엌문 옆 기둥에 박힌 못을 바라보았다. 걸려 있어야 할 아반떼 보조 열쇠가 사라졌다. 부엌은 물론 아내의 방까지 다 뒤졌지만 사라진 열쇠는 찾을 수가 없었다. 차에서 연기가 난 건 이틀 전이었다. 정비소 사장은 타이밍 벨트를 갈아야 한다며 위험한 정도를 심각하게 설명했다. 이게 도로를 달리다가 한순간에 딱 끊어지면 도로 중앙에서 시동이 꺼져요. 그러면 어떻게 되겠어요. 삼십만 원이 문제가 아니라고 그가 말했지만 김현우는 며칠 뒤 우유 대금이 걷히면 차를 고칠 생각이었다.

 열쇠를 찾지 못한 김현우는 찻잔의 얼룩을 포기하고 찬장 안쪽에 올려 깊게 밀어 넣었다. 그러고는 김밥 재료들을 손질했다. 계란 지단을 부치고, 단무지 물을 빼고, 오이를 썰었다. 햄과 어묵은 비슷한 크기로 썰어서 프라이팬에 살짝 볶아 놓고 밥솥을 열었다. 솥에 잡곡밥(아내는 아이들 영향 균형을 위해 품삯으로 가져온 잡곡을 넣어 밥을 안쳤다)이 가득했다. 밥을 바가지에 가득 퍼 담았다. 참기름과 약간의 소금과 깨를 뿌려 간을 맞추고 김발을 도마 위에 펴 김을 한 장 깔았다. 밥을 고루 펴고 재료를 얹어 김밥을 말아 통째로 베어 먹었다. 한 줄 먹고 또 한 줄을 말아 먹었다. 먹다 보니 끝없이 허기가 몰려왔다. 그는 포만감이 생길 때까지 계속 먹었다. 뒤늦게 아내의 당부가 떠올랐다. 아이들 간식으로 몇 줄 싸 먹이고 나머지는 다음 날 쓰게 남기라고 했다. 재료를 더 사 오라고 할 요량으로 김현우는 아내에게 전화를 걸었다. 신호가 길게 이어졌으나 아내는 전화를 받지 않았다. 나간

지 얼마나 됐다고 전화냐고 화낼 걸 예상하면서도 김현우는 다시 전화를 걸었다. 끝내 통화가 되지 않자 그는 나미정의 말이 사실일지도 모른다고 생각했다. 그러자 의심이 풍선처럼 부풀어 올랐고 두통이 시작되었다. 언뜻 의심 가는 인물들이 흐릿하게 떠올랐다가 눈 코 입 이마 혹은 반대 순으로 구름에 가린 듯이 시야에서 사라졌다. 방에 누워 안압이 내려가길 기다렸다. 눈을 감고 있자니 이번에는 환청이 들려왔다. 구급차 소리였다. 교통사고로 죽다 살아난 이후로 눈을 감을 때마다 구급차 소리가 들려왔다. 다시 눈을 뜨고 자리에서 일어나 의자에 앉았다. 순간 같기도 했고 시간이 꽤 흐른 것 같기도 했다. 얼마쯤 그러고 있자니 책상 옆에 둔 핸드폰이 울렸다.

"저, 차일향 씨 집인가요?"

전화를 걸어온 이는 남자였다. 김현우는 자신이 차일향의 남편인데 무슨 일로 아내를 찾느냐고 퉁명스럽게 물었다. 남자는 교통사고가 났다며 성가병원 응급실로 급하게 오셔야 한다고 했다. 당신이 누군데 아내 곁에 있냐고 묻고 싶었지만 김현우는 애써 침착하게 감정을 누르고 얼마나 다쳤는지 물었다. 차일향 씨가 사망하셨습니다. 남자가 애도를 표하는 목소리로 경건하게 말했다. 장례를 치르던 내내 김현우는 아내의 죽음을 슬퍼하는 남자가 누구인지 살피느라 신경을 곤두세웠다. 세월이 지난 지금도 김현우는 남자에게 전화를 받는 꿈을 꾸곤 했다. 그때 이름이라도 물어볼 걸, 가끔 후회하지만 한편으로는 모르는 게 낫다는 생각도 들었다.

통화를 마친 김현우는 자신이 해야 할 일들을 비교적 차분하게 순차적으로 수행했다. 먼저 나미정에게 전화를 걸어 아이들을 부탁했고 세수를 하고 아내가 외출복으로 사 놓은 바지와 셔츠를 입고 점퍼를 걸쳤다. 그런 다음 택시를 불러 병원으로 갔다.

김현우가 병원에 도착했을 때 아내는 응급실 구석진 곳에서 커튼에 가려진 채로 누워 있었다. 핏기가 사라진 아내의 얼굴은 평소보다 하얗고 창백했다. 말없이 서 있는 김현우에게 누군가 다가와 병원 장례식장으로 이동할 건지 물었다. 김현우는 가족이 오면 그때 결정하겠다고 말하고는 밖으로 나가 담배를 피웠다. 줄담배를 피우고 나니 옹벽 아래로 장례식장으로 이어진 뒷길이 보였다. 가파른 경사로를 따라 벚꽃이 만개해서 도로가 꽃길처럼 보였다. 김현우는 꽃이 아름답다고 생각하며 그동안 왕래가 끊긴 장모에게 아내의 사고 소식을 전했다. 한동안 말을 잃은 장모는 거기가 어디냐고 물었다. 처가 식구들이 도착하기 전에 김현우는 할 일이 없었다. 다시 담배를 피워 물었을 때 어디선가 회오리바람이 불어왔다. 꽃잎들이 한꺼번에 휘날리더니 하늘로 치솟다가 바람 따라 우르르 흩어져 내렸다. 그 순간 저도 모르게 김현우는 한쪽 다리를 들어 올렸다가 차마 뛰어내리지 못해 풀썩 바닥에 주저앉았다. 그가 한동안 바닥에 앉은 채로 망연하게 있을 때 어디선가 아이들 목소리가 들려왔다.

*

시간이 흐를수록 초조한 건 늙은 형사였다. 점차 자신의 직감이 떨어진 것 같아 은퇴할 시기를 고려하다가 처음 김현우의 집을 방문했던 때를 떠올렸다. 그때 김현우의 태도에는 이미 많은 불행을 겪은 사람들이 그렇듯이 어떤 체념 같은 것이 배겨 있었다. 경찰 내부에서도 어쩌면 단순한 교통사고일지도 모른다는 의견이 조심스럽게 나돌았다. 더 이상 끌고 가기에는 무리가 있었다. 늙은 형사는 이제 사건을 마무리 지을 때라고 생각했다. 이성적으로는 그랬으나 자꾸만 뭔가 석연찮은 미련이 남았다.

"기억은 떠올릴 때마다 다시 편집됩니다."

늙은 형사는 김현우의 기억도 그럴 거라고 확신했다. 김현우는 언제나 그랬듯이 허리를 곧추세우고는 동의한다는 듯 천천히 고개를 끄덕였다.

"그럴지도 모르죠. 하지만 저 같은 놈에게는 매일이 똑같은 날이어서 일상에서 벗어난 그날을 재구성할 리가 없습니다."

아내의 일이야 오래전이라 편집될 수 있다고 생각했다. 어떤 기억은 가물가물했고, 어떤 것은 순서가 뒤죽박죽이었고, 더러는 기억나지 않는 것도 있었다. 하지만 나미정은 아니었다. 그건 최근의 일이었고 장면 장면들이 선명하게 남아 있었기에 김현우는 자신의 기억이 왜곡될 리가 없다고 의심하지 않았다.

나미정은 2000년대 초반에 출시된 은색 레조차를 지인에게 헐값에 구입했다. 몇 년 전에 운전 면허증을 따고 도로 연수도 마쳤으나 나미정은 초보 운전이나 마찬가지라고 했다. 차를 끌고 오느라고 죽는 줄 알았어요. 형부가 연수 좀 시켜 줘요. 몇 번만 아니 이번만. 나미정은 검지까지 치켜세우며 김현우에게 사정했다. 내키지 않았으나 그는 그녀의 성화에 못 이겨 마지못해 단지 주차장으로 나갔다. 차는 외관은 비교적 말끔했지만 문을 수동으로 열어야 할 정도로 낡아 있었다.

"왜 이래? 분명 시동이 걸렸었는데?"

운전석에 앉은 나미정이 시동이 안 걸린다며 사색이 되어서는 다시 열쇠를 돌렸다. 틱, 틱, 몇 번이나 열쇠를 돌려도 시동은 걸릴 줄 몰랐다. 수리비가 더 드는 것 아냐? 울상이 된 나미정을 지켜보던 현우가 기어를 중립에 두라고 말하자 그녀가 중립이 뭐냐고 물었다. 김현우는 말없이 기어를 N으로 이동시켰다. 시동이 걸리자 나미정은 신기하다며 박수를 치더니 차를 출발시켰다. 초보답게 나미정은 저속으로 출발한다. 조심스럽게 운전대에 바짝 몸을 기대고 브레이크를 밟다가 외곽에 접어들자 조금씩 속도를 냈다. 그 모습에 김현우는 과거 초보 운전 시절의 아내를 떠올렸다. 운전면허를 갓 딴 아내는 아반떼 시동이 안 걸린다며 당황했었다. 김현우는 기어를 중립에 놓으라고 했고 아내는 기어를 N에 놓고서 시동을 걸었다. 시동이 걸리자 아내는 아직은 쓸모 있네, 하고는 차를 몰았다. 그 말이 자신을 두고 하는 말인지 차가 그렇다는 말인지 헷갈린 김현우는 잠시 생각하다 어느 쪽이어도 마찬가지 같아서 씁쓸해진 채로 차창을 스치는 산야를 물끄러미 바라보고 있었다. 어딘가를 가는 도중이었는데 어디를 가는 길이었는지 기억이 가물거려 도무지 생각이 나지 않았다. 도로는 어디든지 비슷해서 도시의 외곽에 들어서면(들과 강, 다리, 가깝게 다가왔다가 사라지는 산, 또다시 펼쳐지는 들) 모든 장소가 유사했다.

나미정이 새로 난 다리를 건너는 대신 우측 언덕 아래로 핸들을 돌렸다. 다리 아래 커다란 기둥을 끼고 돌아 유턴하듯 다시 강을 건너자 본격적으로 평야가 펼쳐졌다. 로타리를 치고 물을 받은 너른 들을 바라보던 김현우는 불현듯 그날이 선명하게 생각났다.

그날은 아내와 함께 세 들 집을 보러 가던 길이었다. 강에 쏟아지던 물비늘과 벼들이 누렇게 익어 가는 들녘 서쪽을 향해 살짝 기운 태양 빛, 김현우는 창밖 풍경이 비현실적으로 느껴져서 이대로 풍경 속으로 끝없이 달려가다 형체도 없이 사라지는 환상에 젖어 들었다. 그가 망상에서 벗어난 건 아내의 말 때문이었다.

"의사가 당신 죽을지도 모른다고 했어. 수술실 밖에서 대기하면서 혼자서 많이 울었어. 아마 그때 평생 쏟을 눈물을 다 흘린 것 같아. 이제 다시는 울지 않을 거야. 당신도 살아났고 예쁜 딸들도 키워야 하니까."

씩씩하게 말했지만 아내의 눈에 언뜻 물기가 번진 것처럼 보였다. 그 순간 김현우는 정신이 번쩍 들었다. 새롭게 시작하자. 그는 장엄하게 떠오르는 아침 해를 보는 것처럼 아내의 옆모습을 바라보며 마음을 다잡았다. 그때의 다짐이 생각나 김현우는 자신이 못내 부끄러웠다. 부끄러움을 참을 수 없었던 김현우는 나미정에게 차를 세우라고 했다. 왜 그래요? 나미정이 황당해하며 이유를 물었다. 김현우가 부끄럽다고 하자 나미정이 어이없는 얼굴로 차를 세웠다. 둑방 길로 이어지는 좁은 갈림길에서 후진과 전진을 반복하다가 겨우 차를 돌린 나미정은 화가 나서는 김현우를 집 근처 큰길에 내려 주고 그대로 가 버렸다.

다시는 안 올 줄 알았던 나미정이 다시 찾아와 드라이브를 하자고 했다. 미안한 마음에 김현우는 나미정의 차 조수석에 탑승했다. 그날 나미정은 다른 날과는 달리 어쩐지 기분이 안 좋아 보였다. 제법 능숙하게 운전대를 잡은 나미정은 이번에도 도시 외곽으로 들어서더니 차량이 뜸해진 길에서 아이들 이야기를 꺼냈다. 아이들을 위해 호적에도 오르지 못하고 사는 게 얼마나 서러운지 남들은 모를 거예요. 씩씩한 척했지만 사실 너무 힘들어요. 말을 잇지 못하고 울먹이던 나미정이 설움에 복받쳐서는 갓길에 차를 세웠다. 운전대에 얼굴을 파묻고 서 큰 소리로 엉엉 울던 그녀가 한참이 지나서야 울음을 그치고 고개를 들었다. 김현우가 화장지를 내밀자 나미정이 코를 풀고 눈물을 닦아 내고는 두 손으로 흐트러진 머리를 쓸어내렸다. 그러더니 슬쩍 김현우의 안색을 살피고는 난데없이 미안하다고 했다. 뭐가요? 그냥요. 어려운 부탁도 들어주고 이야기도 들어줘서요. 그러더니 나미정이 김현우의 손을 덥석 붙들었다. 반사적으로 손을 뺀 김현우는 차문 손잡이를 붙들고서 살짝 비켜 앉았다.

나미정이 브레이크를 풀고 가속페달을 밟으며 시골집에 가 보자고 했다. 그러고 보니 저번과는 반대 방향으로 그곳을 향해 가고 있었다. 그곳으로 가는 길은 양쪽으로 반원을 그리다가 어느 순간 엇갈려 이어지는 뫼비우스 띠처럼 완만한 원을 이룬다. 김현우가 현재 살고 있는 집을 기점으로 직선거리에 시골집이 있다. 산, 강, 평야가 순차적으로 배열돼 있고 시골에서 보면 정반대다. 한 번쯤은 가 보고 싶었지만 용기가 없었던 현우는 말없이 창밖만 응시했다. 울어서 속이 후련해졌는지 나미정은 계속해서 이런저런 수다를 떨었다.

　김현우가 살았던 집은 사람이 살지 않는지 마당에 잡초가 무성했다. 그는 부엌 미닫이문을 왼쪽으로 밀었지만 밀릴 기미가 없었다. 문을 조금씩 흔들던 김현우는 문짝을 위아래로 지속적으로 흔들었다. 어느 순간 삐걱대며 문짝이 떨어졌다. 문짝이 떨어져 나간 공간으로 태양 빛이 부엌 안까지 들어찼다. 곳곳에 처진 거미줄이 빛에 반사돼 반짝였다. 김현우는 거미줄을 걷어 내고 안방으로 들어갔다. 이사할 때 버려둔 잡동사니가 뒹군 바닥에 먼지가 수북하게 쌓여 있었고 벽에는 아내가 모자를 걸어 놨던 격자무늬 옷걸이가 그대로 걸려 있었다. 그 옆으로 벽지에 붙여 둔 기린 줄자가 초등학생이던 아이들의 키를 표시한 채로 낡아 있었다. 150센티미터에 줄이 그어진 건 큰아이 키였고 맨 아래 낮은 줄은 둘째 아이 키였다. 이사 들 때 둘째가 몇 살이었는지 기억이 가물거렸다. 잠시 아이들 나이를 생각하던 김현우는 부엌을 나서다가 문 옆 기둥에서 녹슨 못을 발견했다. 문득 잃어버린 아반떼 보조 열쇠가 생각났다. 주변을 살피고 쓰레기를 뒤지다가 마지막으로 머리가 바닥에 닿도록 엎드려 싱크대 밑을 살폈다. 안쪽 다리 사이에서 금속 물체가 반짝였다. 김현우는 무릎을 꿇고 얼굴을 바닥에 닿도록 바짝 엎드려 싱크대 안쪽으로 손을 뻗어 그것을 꺼냈다. 잃어버린 아반떼 열쇠였다. 먼지를 털어 내고 열쇠를 바지 주머니에 넣었다. 마당에서 기다리던 나미정이 열쇠를 찾은 거냐고 물었다. 김현우가 고개를 끄덕이자 자못 심각해진 그녀가 입술을 움찔거리더니 사실은 자신이 오해를 했었다고 고백했다.

"알고 보니 우체국장이 일방적으로 한 번 만나자고 했다고……"

"네? 그 사람이 우체국장이었어요?"

"우유를 넣잖아요. 난 언니가 그렇게 될 줄도 모르고. 내가 왜 그랬는지 모르겠어요."

미안하다고 했지만 신부님께 고백성사를 마친 신자처럼 그녀는 자신의 죄를 털어놓아서 홀가분한 표정이었다. 반대로 김현우는 가슴에 큰 바윗덩이를 올려놓은 것처럼 속이 답답했다. 주먹으로 가슴을 몇 번 내리친 그는 불현듯 사고 현장을 확인해야겠다는 생각이 들었다. 나미정의 차로 가 운전석에 착석한 그는 꽂혀 있던 열쇠를 돌렸다. 나미정이 조수석에 타더니 그의 팔을 붙들고서 만류했다.

"운전하면 안 되잖아요."

김현우가 그녀의 손을 거칠게 뿌리치고 액셀을 밟았다. 겁에 질린 듯 얌전하게 있던 그녀가 차가 마을을 벗어나 국도에 접어들자 무슨 생각에서인지 길 안내를 시작했다.

"오 미터쯤에서 좌회전하세요. 직진이요. 이제 우회전 길이 나오네요. 오십 미터쯤 더 가면 다리가 나와요."

김현우는 잠시 아내가 조수석에 앉아 있는 줄 알았다. 새벽에 좁은 골목길에서 우유 배달을 할 때 운전이 서툰 아내 대신 김현우가 운전대를 잡았다. 시각 장애 1급인 그의 운전은 불법이었다. 아내와 둘만 알고 있던 비밀을 나미정이 알고 있었던 것이다.

"속도가 너무 빨라요. 사고 장소예요."

잔뜩 겁먹은 나미정이 쇳소리를 냈다. 그제야 사고 다발 주의 표지

판이 눈에 띄었다. 오른쪽으로 완만하게 휘어진 도로 모퉁이에 주유소가 보였다. 도로는 다시 왼쪽으로 급하게 휘어졌다. 나미정의 몸이 순식간에 그에게로 쏠렸다. 하마터면 운전대를 놓칠 뻔했다. 아내는 성격이 급했고 화가 나면 몹시 난폭했다. 커브를 돌다가 타이밍 벨트가 끊어졌다면 차는 시동이 꺼진 채 바퀴만 제멋대로 굴러갔을 것이다. 차를 고쳐야 했다. 아니, 아내에게 누구를 만나러 가느냐고 따져 물었어야 했다. 그랬다면 아내는 죽지 않았을 것이다. 김현우가 자책하는 사이에 차는 빠르게 사고 장소를 벗어났다. 멀리 전방에 터널이 보이기 시작했을 때 나미정의 핸드폰이 울렸다.

"애들 아버지예요. 갓길에 차 좀 세워요."

나미정이 아내처럼 명령조로 말했다. 그는 깜빡이를 넣고 갓길에 차를 주차시켰다. 자리도 피해 줄 겸 요의를 해결하려던 김현우는 급하게 요의를 느껴 차에서 내려 오던 길로 거슬러 내려갔다. 뒤를 돌아보니 차가 보이지 않자 그는 풀을 헤치고 언덕 아래로 두어 발 내려섰다. 생각보다 넓고 깊은 수로가 보여 김현우는 두 다리에 힘을 바짝 주고서 바지 지퍼를 내려 오줌을 쌌다. 졸졸거리는 오줌 줄기가 한동안 끊어질 듯 지속적으로 이어졌다. 언뜻 지나가는 자동차 소리가 들려왔다. 문득 기어를 P에 두었는지 N에 두었는지 생각하던 김현우는 떨어지는 오줌 줄기를 끊지 못해 방광이 다 비워질 때까지 기다렸다. 그가 바지 앞섶을 추켜올리고 다시 차가 있던 자리로 돌아갔을 때는 레조가 보이지 않았다. 나미정이 혼자서 가 버렸다고 생각한 김현우는 멀고 외진 길을 오랫동안 걸어서 집으로 돌아갔고 이후로는 몸 상태가 좋지 않아 내내 누워 있었다.

*

　마지막 참고인 조사라며 김현우를 소환한 늙은 형사는 이번에는 진술 녹화실이 아닌 조사실로 그를 안내했다. 그는 끝까지 김현우를 떠보더니 마침내, 미제라고 표시된 서류철을 덮으며 증거 불충분으로 수사가 종료됐다고 했다.
　"그런데, 보험계약서가 영 걸린단 말이죠?"
　서류철을 집어 들고 의자를 뒤로 밀치며 일어선 그가 표제에 적힌 미제라는 글씨를 빤히 바라보더니 뭔가 석연찮은 듯 김현우에게 물었다.
　"그건 실적 때문이라고 해서, 서명만 하면 그녀가 다 알아서 한다고 했습니다. 그것도 문제가 되나요?"
　"수익자가 사망자로 돼 있었는데 알고 있었나요?"
　김현우는 전혀 몰랐다고 답변했다.
　"이건 개인적인 질문입니다. 김현우 씨는 거짓말 탐지기 결과를 어떻게 생각하십니까? 뭐 대답하지 않으셔도 괜찮습니다만."
　"저도 잘 모르겠습니다. 기계라는 게 원래 오작동도 있지 않겠습니까?"
　김현우는 몇 번의 불운을 겪고 나면 불안에 익숙할 것 같지만 그렇지 않다며 아내와 나미정을 떠올리는 것 자체가 불안이라고 말했다. 늙은 형사는 애매한 태도로 고개를 끄덕이더니 이미 말했다시피 거짓말 탐지기는 오류가 많지 않다고 했다. 그러고는 김현우에게 등을 돌리고 조사실 문을 열었다. 늙은 형사에게 구십 도로 허리를 숙여 인사한 김현우는 여전히 어깨를 움츠린 채로 사무실 가장자리를 돌아 중간 문 앞에 섰다. 누군가 버튼을 눌렀고 덜컹이며 자동문이 드르륵 열렸다. 그가 문밖으로 나서자 이번에는 뒤에서 문이 닫히는가 싶더니 어디선가 찰캉, 하는 쇳소리가 들려왔다. 김현우는 그 소리에 주춤 걸음을 멈출 뻔했다.

경찰서를 빠져나온 김현우는 근처 아파트 단지 담장 아래서 걸음을 멈추고는 바지와 점퍼 주머니를 죄다 뒤졌다. 열쇠가 어디로 갔는지 보이지 않았다.

"형사님. 기억은 편집되는 게 맞는 것 같습니다. 그날 분명 싱크대 밑에서 열쇠를 찾았는데 그게 어디로 갔을까요?"

뒤를 돌아보며 경찰서를 향해 혼잣말로 중얼거리던 김현우는 불현듯 떠오르는 게 있어 어딘가를 향해 바삐 걸어갔다.

피트 인

 사장은 아침부터 전화기를 붙들고 고객을 달래는 중이었다. 매장 입구에서 서성대던 이모가 나를 보자마자 입술을 벙긋거려 사장이 화났다는 신호를 내게 보냈다. 나는 생쥐처럼 조용히 들어가 파티션 뒤에서 주문서를 살폈다. 한참 뒤 통화를 마친 사장이 마치 정해진 수순처럼 당연하다는 듯이 나를 불렀다.
 "김양아, 요즘 뭐 딴생각하는 거 있니? 발주서 잘 확인하라고 몇 번이나 말해! 어? 혹시 일부러 그러는 거야?"
 "아닙니다. 죄송합니다."
 나는 사장 앞에서 두 손을 가지런히 공수하듯 모으고 깊게 고개 숙여 사죄했다. 그렇다고 쉽게 끝낼 사장이 아니었다. 그는 속이 풀릴 때까지 긴 설교를 했다. 노상부터 시작해서 매장을 세 개나 키웠다는 사장은 그 긴 고난의 세월 동안 어떤 역경을 딛고 일어섰는지, 재작년까지만 해도 잘나가던 매장을 두 곳이나 접고 망망대해 같은 온라인몰로 갈아타기까지 얼마나 힘들었는지 장황하게 수난사를 늘어놓았다. 그는 꼰대의 조건을 두루 갖춘 인간이었다. 그의 연설에 가까운 잔소리는 짧아도 이십 분, 길면 삼십 분이었다. 듣다 보면 뒷목이 뻣뻣하게 뭉쳐 왔고 다리도 저려서 그만둔다는 말이 목구멍까지 차올랐다. 마른침을 삼키고 입술에 각질을 뜯어 질겅질겅 씹다가 꿀꺽 삼키기도 했으나 시간은 정지된 듯 느리게 흘렀다. 나는 그가 눈치채지 못하도록 진열대 밑에 쌓은 신발 상자와 그것을 가린 검은 천에 들러붙은 먼지들을 관찰했지만 그것도 이내 심드렁했다. 미치겠다, 정말. 진짜 그만둘까? 꿀꺽 마른침을 삼키다가 다시 꿀꺽 열 번쯤 세다 보니 나도 모르게 졸음이 몰려왔다. 잔소리가 안 끝나면 또다시 열 번 침을 삼키고 그래도 안 끝나면 끝장을 보자 할 때였다. 매장 앞을 지나가던 아줌마 둘이 가다 말고 돌아서서 신발을 구경하는 척 호들갑을 떨었다.

"어머, 가파치네."

"아, 옛날에 소가죽으로 신발 만들던?"

나는 머리카락을 귀 뒤로 슬며시 넘기며 쭉 째진 눈으로 그들을 째려보았다. 그냥 지나가지? 사나운 눈빛 때문인지 아줌마 둘은 딴청을 피우며 이내 통로 저쪽으로 사라졌다. 불쑥 튀어나온 내 모습이 낯설고 당황스러워서 울컥 눈물이 나려 했다. 왜 상품을 누락시켜서는. 자책하던 나는 문득 이게 다 아저씨 때문이라는 생각이 들었다.

아저씨가 나를 감시한 지 나흘이 지났다. 아저씨는 수유행복 편의점 앞 간이 의자에 앉아 나의 출퇴근 시간을 지켜보고 있었다. 그는 그곳에서 고개를 숙이고 꾸벅꾸벅 졸다가도 내가 지나가면 어떻게 알았는지 한순간 고개를 들어 지나가는 나를 쩨려봤다. 나는 달리기 선수처럼 냅다 뛰어 집으로 도망쳤다. 현관문을 잠그고 안전 고리까지 채우고도 불안해서 스토커 퇴치법을 검색했다. 호신술이 동영상으로 올라와 있었다. 위급할 때 급소를 공격하는 방법을 몇 가지 따라하다가 상대의 순발력이 더 빠르면 어쩌나 고민했다. 소용없겠지? 기운이 쭉 빠져 침대에 엎드렸는데도 잠이 오지 않았다. 한참을 뒤척거리다가 어느 순간 잠이 들었는데 불안이 꿈속까지 따라와 자다 깨다 반복했다.

사장의 목소리가 점차 멀어졌다가 다시 커졌다.

"듣고 있는 거야? 몇 번이나 말해. 어? 수제화를 신는 사람들은 대부분 예민한 사람들이야. 열흘이나 기다린 상품이 지연되면 짜증나겠지. 안 그래?"

수제화는 무슨. 짝다리 맞춤 전문이면서, 열흘이나 기다렸으면 하루쯤 더 기다릴 수 있지. 한쪽 다리나 확 줄어 버려라. 악담을 퍼붓던 나는 문득 섬광처럼 스치는 어떤 생각에 집중했다. 열흘? 수면에 던져진 파장이 걷히고 10이라는 숫자가 양각처럼 도드라졌다. 일과 영. 10은 전부. 일체라고 했다. 모든 것을 시작으로 바꿀 수 있는 의미가 깃든 숫자처럼 보였다. 알고 있던 사실이었지만 한순간 뭔가 대단한 걸 발견한 듯 나는 일과 영의 조합에 의미를 부여했다. 그래, 열흘만 참자. 열흘이면 아저씨도 지쳐서 포기하지 않을까? 맹목적인 믿음이 생기자 내 마음에도 느긋한 여유 같은 게 생겨났다. 벌써 나흘이 지났으니 엿새만 더 기다려 보자, 그런 마음이었다. 그것은 분명 미미한 시작이었지만 내게 없던 어떤 작은 씨앗이 발아한 순간이었다. 한껏 들뜬 나는 엄마에게 전화를 걸어 내게 생긴 변화를 알리고 싶었으나 바로 앞에 명품 신발을 신고 떡 버티고 서서 설교 중인 사장 때문에 그럴 수가 없었다. 그때 엄마에게 나의 변화를 알리지 못했던 건 지금까지도 아쉬움으로 남아 있다. 내게 없던 어떤 심이 생긴 걸 알았다면 분명 엄마도 기뻐했을 것이다.

심이 생기자 마음에도 다소 여유가 생겨났다. 나는 뒤통수에서도 반성의 기미가 느껴지게끔 다소곳하게 대답했다.

"정말, 죄송합니다. 다음부터는 절대 실수하지 않겠습니다."

진정성이 느껴졌는지 사장의 목소리가 약간 누그러진 듯했다. 그는 설교의 마지막 단계인 자신의 개똥철학(말은 하기에 따라 뉘앙스가 달라진다. 그는 장애를 가진 사람들을 유니크함으로 포장하는데 이익이 없어도 그럴지는 의문이 든다)을 장황하게 늘어놓았다.

"사람들은 다 다르게 생겼다. 눈, 코, 귀, 팔, 두 다리 길이도 마찬가지다. 똑같은 사람은 있을 수가 없다. 그러니 누구나 다 특별한 존재들이다. 다들 특별하지만 지나치게 유니크한 사람들은 오히려 그 사실을 숨기고 싶어 할 것이다. 신체가 평균치에 미치지 못하거나 넘치거나 하는 경우에 속한다고 봐야지. 그러한 유니크함을 숨기고 싶은 사람들이 우리 회사의 주 고객들이다. 그러므로 우리는 고객들이 편안하게 거래하고 안전하게 거리를 활보할 수 있도록 제품에 각별히 더 신경 써야 한다. 알겠나!"

드디어 잔소리가 끝났다. 미동도 없이 서 있다가 움직이려니 다리가 저려 왔다. 절뚝거리며 자리로 간 나는 메일을 보내지 않고 주문서를 직접 출력해서 가파치를 나섰다. 사장이 뒤에서 잔소리를 덧붙였다.

"서둘러, 당일 배송 잊지 말고."

사장이 재촉했지만 나는 버스를 탔다. 환승하는 게 귀찮기도 해서 동대문역사문화공원 정류장까지 걸어가서 한 번에 가는 버스를 타고 중간쯤 좌석에 앉아 차창 밖으로 스쳐 가는 풍경을 구경했다. 햇볕이 쏟아지는 거리, 노랗게 물들어 가는 가로수. 어딘가로 이동하는 무수한 사람들, 어제와 다를 것 없는 반복되는 거리의 풍경, 비가 와도 구름이 끼어도 지구 밖에 태양은 떠 있을 거고 지구는 자전할 것이다. 하루가 흐르고 계절이 바뀌듯 풍경처럼 내 삶도 어떻게든 흘러가겠지, 하는 마음으로 앉아 있다 보면 답답했던 마음이 이내 풀리기도 했다. 정류장마다 정차하느라 서행하던 버스가 거칠게 달려간다 싶으면 창밖에 중랑천이 보였다. 다리를 건널 때 흐르는 물 위로 쏟아지던 가을빛의 산란을 보며 나는 마이너 라이너 릴케의 「가을날」을 생각했다. '이틀만 더 남국의 햇볕을 주시어 그들을 완성시켜, 마지막 단맛이 짙은 포도주 속에 스미게 하십시오.' 오래전에 외워서인지 다음 시구가 떠오르지 않았다. 집이 없는 사람들과 오래 고독할 거라는 문구를 떠올리다 나른함에 눈을 감았다. 그러다 쿨렁하고 가쁜 숨을 내뱉으며 버스가 성수2동3가 주민센터 정류장에 멈추면 나는 자리에서 일어나 후다닥 버스에서 내렸다.

그곳에서 내려 12분을 걸어가면 공장이 있었다.

*

아저씨가 집에서 쫓겨났다. 알코올 병원에서 퇴원한 지 한 달이 채

안 된 어느 날이었다. 그는 퇴원한 날부터 편의점에 들러 술을 사 왔고 그날 밤부터 횡설수설하며 집 안에서 줄담배를 피워 댔다. 그 때문에 엄마와 싸움이 잦아 조용한 날이 드물었다. 공동 현관문에 공고문이 나붙었다. 조용히 좀 삽시다, 제발 집에서 금연합시다, 이웃에 피해를 주지 맙시다, 그런 공고문이 붙으면 나는 이웃이라도 부딪칠까 봐 주변을 두리번거리며 도둑처럼 집을 드나들었다. 그쯤 되면 엄마도 아저씨를 닦달했으나 아저씨는 적반하장으로 집에서 담배도 못 피우냐며 오히려 큰소리였다. 참다못한 엄마는 아저씨가 술을 사러 나간 사이에 미리 싸 둔 옷가지와 신발을 쓰레기 수거함 근처에 내다 버렸다. 아저씨는 숫자를 외우지 못해서 비밀번호를 바꿀 필요가 없었는데도 엄마는 도어락 비번까지 재설정했다. 이번에는 엄마도 단단히 결심한 것 같았다.

일주일쯤 지나 아저씨가 다시 나타났다. 여느 날처럼 밤 늦게 퇴근한 나는 공동 현관문 앞에서 비번을 입력하고 있었다. 어디선가 부스럭 소리가 들려 주변을 두리번거렸다. 어이, 딸! 주차장 기둥에 기대앉아 있던 아저씨가 나를 부르며 번쩍 치켜든 손을 들어 좌우로 흔들었다. 얼음처럼 굳었던 나는 퍼뜩 정신을 차려 단숨에 집까지 뛰어올랐다. 현관문을 잠그고 안전 고리까지 채웠을 때 그가 집까지 쫓아와 문을 마구 두드렸다. 잠금장치에도 불안했던 나는 그가 못 들어오게 문손잡이를 단단히 틀어쥐고 있었다. 복도가 소란하자 이웃들이 밖으로 나와 몇 호냐고 수군거렸다. 그때였다. 예삐가 아저씨 냄새를 맡았는지 문 앞에서 꼬리를 흔들며 나를 향해 왈왈 짖어 댔다. 조용히 하라고 예삐를 살짝 발로 밀쳐 냈다. 정말 살짝 밀쳐 냈는데 예삐가 저만치 거실 테이블 아래로 날아가 나동그라지더니 낑낑 대며 앓는 소리를 냈다.

이후로 아저씨는 그런 소란을 일으키지는 않았으나 대신 편의점 귀퉁이에 놓인 간이 의자에 앉아서 나를 감시했다. 출퇴근 때는 물론 새벽에도 아저씨는 그곳 간이 의자에 앉아 막걸리를 마시거나 고개를 숙인 채 졸고 있었다. 그는 분명 잠든 것처럼 보였는데 내가 지나가면 어떻게 알고는 고개를 들어 나를 흘겨봤다.

"스토킹은 개뿔, 사고 칠 인간이면 저기서 저러고 있지도 않는다."

엄마는 내버려 두라고 했지만 나는 그가 신경 쓰여 밖에 나가기가 두려웠다. 무서워서 예뻐 산책도 못 시키고 간식도 못 사오겠어. 그런데도 엄마는 허깨비 같은 인간이 뭐 무섭냐며 콧방귀였다. 사람이라면 모름지기 인내심, 자립심, 독립심, 그도 아니면 하다못해 욕심이라도 있어야지. 너처럼 아무 심도 없으면 못 산다, 하며 잔소리를 퍼부었다. 하지만 정작 엄마는 내게 그다지 모범을 보이지 못했다. 아버지에 대해서는 기억이 없어 잘 모르겠으나 아저씨를 만나 살아온 과정을 지켜본 결과 엄마는 결단력이 부족했다. 견딜심이 좋은 것도 아니었고 그렇다고 독립심이 있어 보이지도 않았다. 이사하면 버리고 오겠다고 당장 헤어질 것처럼 굴다가도 끝내 아저씨를 데려온 것도 엄마였다. 버리고 왔다면 지금처럼 시끄럽지는 않았을 것이다. 그러지 못해 피곤하게 됐는데도 엄마는 남의 일처럼 방관하며 남들이 수군대든 말든 내버려 두고 있었다. 가끔 엄마는 허수아비 같은 남자라도 옆에 있어야 한다고 말했다.

참다못해 나는 일하는 엄마에게 전화를 걸어 아저씨를 저대로 둘

거냐고 제발 어떻게 좀 하라고 사정했다.
"너는 신경 꺼."
"무섭다고! 아님 이사를 가던가."
"바빠, 끊어!"
엄마는 일방적으로 전화를 끊어 버렸다. 나는 새벽까지 기다렸다가 엄마가 돌아오자 방으로 따라 들어갔다. 엄마는 이부자리를 펴고 그대로 엎어져서는 잠꼬대하듯 중얼거렸다.
"아무 해코지도 못할 위인이야. 그랬어 봐. 지금쯤……"
말하던 도중에 엄마의 숨소리가 일정하게 규칙적으로 들려왔다. 그러더니 어느새 코까지 드르렁거리며 잠들어 버렸다. 내 엄마는 맞는지 어디서 나를 주워다 기른 건 아닌지 의심이 들었다. 엄마가 마저 잇지 못한 말을 상상하다 잠든 나는 꿈에서도 두려움에 떨었다. 오소소 돋는 소름에 두 팔을 감싸 안고 어느 골목길로 들어섰다. 막다른 골목 끝에서 맨발로 혼자 서 있는 누군가의 뒷모습이 보였다. 어둠이 깔려 있어 형체를 알아볼 수가 없었는데 그 모습이 어쩐지 나인 것 같기도 했다.

*

나는 성수제화에 가는 시간이 제일 좋았다. 그곳에 종만이가 있었기 때문이었다. 버스에서 내려 한참을 걷다 보면 붉은 하이힐이 그려진 벽화가 나온다. 벽화 앞에서부터 종만이 냄새가 나는 것 같아 내

발걸음이 저절로 빨라졌다. 길모퉁이를 돌아 왼쪽 첫 번째 건물로 들어서면 지하에서 올라오는 염색된 피혁, 접착제, 오일, 왁스 등 여러 혼합물이 섞인 냄새가 코를 찔렀다. 그 쾌쾌한 냄새 속에서도 나는 종만이 냄새를 맡을 수 있었다. 나는 엄마에게 그 냄새를 뭐라 설명하기가 어려워 공장 냄새가 좋다고 말했다.

"어릴 때부터 지하에서만 살아서 찌든 냄새에 익숙한 거야. 그런 냄새는 빨리 잊어버려, 바보야? 냄새 구분은 할 줄 알아야지."

엄마는 대번에 내게 면박이었다. 엄마나 잘하셔. 마음 같아서는 엄마에게 똑같이 되돌려 주고 싶지만 차마 그러지 못해 나는 마른침만 꿀꺽 삼켰다.

지하로 내려가 문을 열고 들어가면 맞은편에 사무실이 있었다. 유리창 너머로 라양이 나를 흘끔 보더니 시선을 내려 못 본 척했다. 나는 사무실로 들어가 그녀의 책상에 발주서를 탁, 소리 나게 내려놓고 목소리를 높였다.

"어제 누락된 거 상품 지금 당일 배송으로 보내 주세요. 나머지는 오늘 발주서예요."

라양은 미안한 기색도 없이 겨우 고개만 까딱했다. 유니크 제품은 매장으로 가져가서 사장의 검수를 거쳐 발송하는 게 원칙이었지만, 누락된 제품은 공장에서 당일 배송으로 해결했다. 물건을 미처 못 챙긴 공장 측에서도 일정 부분 책임을 지는 의미였다. 제품은 다 나왔어요? 라양은 이번에도 대답 대신 턱을 들어 반대편 선반을 가리켰다. 나는 한마디 하려다 말고 선반으로 가 제품에 하자가 없는지 꼼꼼하게 살피고 검수가 끝난 물건은 상자에 넣어 비닐봉지에 차곡차곡 담았다. 그런 다음 비닐봉지를 사무실 입구 벽면에 기대 놓고서 종만이가 일하는 곳으로 갔다.

한쪽에 놓인 스툴을 끌어다가 종만이 옆에 바짝 붙여 놓고 앉은 나는 사장의 잔소리 때문에 죽겠다고 투덜댔다. 그 꼰대가 또 잔소리를 했어? 일하다 보면 실수할 수도 있지, 너무하네. 우리 유징 씨, 짜증 났겠다. 그런 위로를 기대했는데 어쩐지 그날은 종만이가 이상했다. 인사도 대충하고 무표정하게 작업에만 몰두했다. 자꾸 짜증만 내서 그런가 싶어 슬쩍 화제를 돌렸다.

"신상이야?"

빨간색 갑피에 푸른 밑창이 섹시한 디자인이 작업대 한쪽에 놓여 있었다. 잘빠진 매끈한 S라인을 자랑하는 세련된 여자 모델처럼 옆선이 매혹적인 신발이었다. 대답이 없어 순간 당황했지만 어색한 기류에도 나는 질문을 이어 갔다. 종만이는 건성으로 마지못해 대꾸했다. 겨울 신상 샘플은 저번에 만들지 않았어? 어. 혹시, 선물할 거야? 어? 어. 나는 선물할 거라는 대답에 그제야 이해가 됐다. 이 주 전쯤 종만이는 내게 예쁜 수제화를 만들어 주겠다고 했다. 서프라이즈 선물을 준비하는구나 싶어 기분이 좋아진 나는 핸드폰 카메라로 종만이의 손을 클로즈업했다. 사진을 여러 컷 찍었다. 신발을 허벅지 사이에 끼우고 접착제를 덧칠하고는 망치로 두드리는 종만이의 손길에서 찰칵, 신발이 프레스기 안으로 깊게 들어가 압착된 순간 찰칵, 신발을 꺼내 왁스칠 하는 손도 찰칵. 컷을 찍고 나서 화면을 살피던 나는 완성된 빨강 구두를 신고 종만이가 골라 준 단정한 원피스를 입고 언젠가 왕래가 끊기기 전 외갓집 행사에서 갔던 호텔 레스토랑에서 둘이

서 식사하는 상상을 했다. 찰칵! 웨이터가 폴라로이드 카메라로 찍은 사진을 출력해 내게 건넨 순간, 불쑥 거친 손이 날아와 카메라를 치우라고 했다. 안 들려? 좀 비켜 봐! 정신을 차려 보니 종만이가 얼굴을 잔뜩 찌푸리고 서 있었다. 안 비키면 나를 밀쳐 낼 기세였다. 벌떡 일어선 순간 손에 든 핸드폰을 바닥으로 떨어뜨렸다. 아직도 할부가 남은 최신형 아이폰이었다. 폰을 주우려다 스툴을 잘못 짚어 바닥에 주저앉았다. 핸드폰을 주워 액정에 금 간 곳은 없는지부터 확인했다. 다행히 이상이 없었다. 그제야 창피했지만 아무렇지도 않은 것처럼 주변을 살폈다. 망치질 소리 미싱 소리가 규칙적으로 들려왔다. 다들 바빠서 내가 넘어진 걸 모르는 것 같았다. 숄더백에서 물티슈를 꺼내 핸드폰과 손을 닦았을 때 저만치서 종만이가 두 손에 수제화를 들고서 돌아왔다. 그것을 작업대에 올려놓은 종만이가 후, 하고 길게 숨을 내쉬더니 긴장되는지 떨리는 목소리로 말했다.

"명품 수제화야. 사장님이 직접 구멍을 뚫었는데 봐, 예술이지."

이어 종만이는 준비운동을 하듯 손깍지를 껴 손목을 돌리고 탈탈 털었다. 종만이가 화낸 것도 긴장한 것도 처음이었다. 명품 구두 장인이 되는 것은 종만이의 오랜 꿈이었다. 성수제화 사장은 티비에도 나올 만큼 유명한 장인이었다. 다른 곳으로 이직하면 더 좋은 대우를 받을 수 있는데도 종만이는 사장의 기술을 전수받기 위해 그곳에서 일하는 중이었다. 사장님이 불렀는데 내가 길을 막고 있었으니 화를 낼 만도 하다 싶었다. 진짜 수제화라면 그럴 수도 있다고 머리로는 이해했지만 어쩐지 마음은 여전히 서운했다. 스물 중반이 되도록 내게 친절을 베푼 사람은 종만이가 처음이었다. 신발에 대해 무지했던 내게

짝다리의 비밀과 유니크한 사람들은 양쪽 무게가 달라서 코르크 두께에 신경 써야 한다는 공공연한 영업 기밀을 알려 준 사람이 종만이었다. 그것까지 고려해서 만들 줄 알아야 진정한 구두장이가 되는 거야. 그 말을 듣던 순간 나는 신는 사람의 하중까지 신경 쓰는 사람이라면 분명 따듯하고 좋은 사람일 거라고 생각했다.

"안 찍어? 이런 건 동영상에 담아 올리면 조회수가 올라갈걸?"

종만이의 말에 나는 말없이 핸드폰을 들어 올렸다. 바늘귀에 실을 꿴 종만이의 손놀림은 전문가답게 능숙하고 거침이 없었다. 구멍에 바늘을 집어넣어 실을 걸어 뺀 다음 팽팽하게 당겨 매듭짓는다. 뜨개질하듯 매끄러운 그의 손놀림은 마치 춤추는 무용수의 섬세한 손끝처럼 우아하고 완벽하다. 마침내 바느질을 마무리한 종만이가 허리를 펴고 긴 숨을 내쉬더니 나를 보고 활짝 웃어 보였다.

"블로그에 올려야겠다. 그만 갈게."

나는 핸드폰 시계를 확인하고 일어나 사무실에서 비닐봉지를 챙겨 밖으로 나왔다.

오후 3시경의 바깥은 화창하고 눈이 부셨다. 태양 빛에 적응하느라 손 그늘을 만들고 잠시 심호흡을 하던 중이었다. 언제 따라왔는지 종만이가 옆에 서더니 손에 든 비닐봉지를 빼앗아 들었다. 바람 좀 쐬려고. 쑥스러웠던지 종만이는 늦가을 청명한 하늘을 쳐다보며 아, 햇볕 좋다. 하며 너스레를 떨었다. 그러더니 정류장까지 따라온 종만이가 다정한 목소리로 아저씨가 아직도 감시하냐고, 표정이 안 좋아 보인다고 걱정했다. 왈칵 눈물이 날 것 같았으나 꾹 참고 대답 대신 고개를 끄덕였다.

"정 힘들면 우리 집으로 오던가."

 잘못 들은 것 같아 내 귀를 의심했다. 다시 한 번 묻고 싶었는데 아쉽게도 버스가 도착했다. 종만이가 비닐봉지를 내게 내밀었다. 나는 머뭇대다가 그것을 받아 들고 버스에 올라섰다. 뒤에서 덜커덩, 하고 문이 닫혔다. 불쑥 내리고 싶은 충동이 일었지만 이미 버스는 출발해서 일차선으로 끼어드는 중이었다. 흔들리는 버스 손잡이를 붙잡고서 나는 다급하게 창밖을 내다보았다. 버스 측면에 바짝 붙어 선 덤프트럭이 시야를 가려 정류장도 종만이도 더 이상 보이지 않았다.

*

 발길에 채인 이후로 예삐가 나를 피했다. 불러도 나타나지 않아 찾아보면 예삐는 소파 밑이나 부엌 구석진 곳에 숨어 두려운 눈빛으로 나를 경계했다. 그것은 단연코 실수였다. 나는 예삐를 동물로 생각한 적이 없었다. 예삐가 아가였을 때부터 나는 편의점에서 간식을 사다 주고 산책을 시키고 미용실에 데려가 털을 깎고 씻기고 함께 잤다. 그런데도 단 한 번 실수로 예삐가 나를 멀리하는 걸 보자 서운함이 앞섰다. 나는 평화주의자여서 결코 누구에게도 화를 낸 적이 없었다. 물론 속으로야 온갖 막말을 퍼부었지만 그건 생각에 불과했다. 그런 내가 예삐를 발로 찼다니 나조차도 믿을 수가 없었다. 어쩔 수 없지. 예삐가 내 실수를 이해해 주고 다가올 때까지 나는 기다리기로 했다.
 꿈에서 카드 내역서가 둥둥 떠다녔다. 나는 종이에 써진 숫자들이

변형되어 암호로 바뀐 것을 보았고 그것들을 해독하려 애쓰다가 뭔가를 후려쳤다. 물컹한 느낌에 눈을 떴다. 밤 1시 10분이었다. 이후로는 잠이 오지 않아 꿈에 본 카드 내역서를 생각하다가 불현듯 묘책이 생각났다. 나는 안방으로 가 서랍 속 수첩을 꺼냈다. 수첩을 뒤져 필요한 정보를 핸드폰 앱에 입력하자 카드 내역서가 떴다.

    체크우리GS25수유행복 1,300 2019.10.27.23:35
    체크우리GS25수유행복 5,800 2019.10.28.01:35

 아저씨 동선은 제법 규칙적이었다. 열한 시 삼십오 분에 막걸리 한 병, 방금 전에 담배와 막걸리를 샀을 것이다. 전날도 비슷했다. 그는 담배를 피우거나 막걸리를 마시다가 나머지 시간에는 쪽잠을 자다가 둘 중 하나가 떨어지면 편의점에 들어가 카드를 사용했다. 낮에는 카드를 사용하지 않는 걸 보면 잠은 그때 몰아서 자는 것 같기도 했다. 어쩌면 따로 잘 시간이 필요 없을지도 모른다. 평상시 그는 장소를 가리지 않고 졸리는 즉시 앉아서든 기대서든 쉽게 잠이 들었다. 마치 재생 중인 영상이 일시 정지 상태에 빠진 것처럼 그대로 멈추었다가 어떤 자극에 한순간 깨어났다. 그는 거실에서 티비를 켜 놓고 술을 마시다가 앉은 채로 잠들 때가 많았다. 막걸리만 마시면 죽지도 않아, 차라리 소주를 마셔. 그래야 빨리 죽지. 엄마가 독설을 퍼부었으나 그때뿐이었다.
 아저씨가 기초 수급자가 된 것은 삼 년 전이었다. 나는 아저씨를 데리고 동사무소를 드나들며 수급자가 제출할 서류를 대신 처리했다. 관계가 어떻게 되냐고 묻는 담당자에게 나는 한집에 사는 식구라고, 엄마가 불쌍해서 돌봐 주고 있다고 했다. 수급비가 나오면서 아저씨는 술을 마음 놓고 마시기 시작했다. 처음에는 왕창 마시다가 병원에 입원하기도 했다. 월 오십육만 원 전후이던 금액이 병원에 입원하고 나서는 절반으로 감액되어 후불 개념으로 지급됐다. 이달까지는 이십오만 원이 입금됐다. 매일 막걸리와 담배 한 갑만 피운다면 아저씨가 한 달 생활비로 쓰기에는 충분한 잔고였다. 나는 그가 끝까지 수유행복 앞을 지키는 게 아닌지 불안했다. 위기 상황이 발생하면 어디론가 도망치고 싶은 마음뿐이어서 나는 그 때문에 한곳에서 오랫동안 직장 생활을 해 본 적이 없었다. 여러 일자리를 경험했지만 겨우 한두 달 근무하다 때려치워서 백수로 지낸 날이 대부분이었다. 유니크몰은 다른 곳에 비해 조건이 좋은 편이었지만 사장의 잔소리가 심해져서 날마다 미칠 지경이었다. 엄마는 내게 가진 게 없으면 견딜심, 오기나 배짱이 있어야 한다지만 아무래도 나는 아버지를 닮은 것 같았다.

아버지는 내가 아주 어렸을 때 집을 나갔다. 아버지는 기억에 없었지만 틈만 나면 아버지를 욕하던 엄마가 생각난다. 그때마다 나는 왠지 엄마가 화내는 대상이 아버지가 아니라 나일지도 모른다는 생각을 했다.
"인내심. 자립심, 독립심, 욕심도 없는 한심한 인간. 세상에 쓸모없는 인간이 너의 아버지다."
엄마의 그 특유의 냉소와 경멸에 찬 시선, 나를 흘겨보던 그 눈빛은 내가 다 컸을 때도 지속되었다. 나는 기억나지 않는 아버지의 외모가 궁금할 때마다 거울을 보며 나를 닮은 아버지를 떠올리곤 했다. 별 특징도 없이 밋밋해서 누구에게도 각인되지 못하고 금세 잊힐 얼굴, 고집스럽게도 쭉 째진 작고 처진 눈, 말하기 조심스러워 주저하는 작은 입술. 그렇게 아버지를 생각하다 보면 녹슨 못에 옆구리를 찔린 것처럼 몸 어딘가에서 통증이 발생했다. 어릴 때는 배가, 청소년기에는 옆구리가, 성인이 돼서는 심장 한편에서 통증이 시작되어 한동안 숨쉬기가 어려웠다. 다행히도 나는 어느 순간 통증을 느끼지 않는 법을 터득했다. 무조건 엄마의 말에 수긍하다 보면 감정이 일지 않았고 통증도 발생하지 않았다. 사실, 엄마의 말은 어떻게든 부정하기 힘든 팩트 자체였다. 뚱뚱해, 공부도 못해, 게으르기까지 해서 고등학교도 겨우 졸업했고 엄마의 강요에 못 이겨 겨우 전문대에 입학했지만 그마저 반 학기 만에 때려치웠다. 아르바이트를 해도 한두 달 만에 그만둬. 나는 뭐 하나 잘 하는 게 없었다.

*

또 늦잠이었다. 알람이 울렸어도 모르고 잔 것이다. 사장의 잔소리가 귓가에 쟁쟁해서 그날은 출근하기가 정말이지 죽을 만큼 싫었다.

"씨팔, 어디, 갈 데 없나?"

나는 미친년처럼 혼자 중얼대다가 아무래도 집안 분위기가 냉랭해서 거실을 내다보았다. 엄마가 외박을 했다. 또 시작된 걸까? 현관을 보니 엄마 신발이 없었다. 안방도 전날 그대로였다. 엄마는 술을 마시기 시작하면 대책이 없다. 아저씨가 매일 꾸준히 술을 마신다면 엄마는 한꺼번에 곤죽이 되도록 마시다가 병원에 입원해서야 금주를 했다. 두 사람이 만난 것도 술집에서였다. 엄마가 술집에 나간 지 5개월이 지났다. 다시 마신다 이거지? 내가 흥분해서 중얼거리자 서랍장 측면에 숨었던 예뻐가 놀라 뛰쳐나오더니 거실 소파 밑으로 숨어들었다. 나는 한숨을 내쉬며 사장에게 바로 공장으로 가겠다는 메시지를 보냈다. 성질 급한 사장이 곧바로 전화를 걸어와 화난 목소리로 무슨 일이냐고 물었다.

"죄송해요. 엄마가 아파서, 지금 병원이에요. 약 타서 집에 모셔다 드리면 늦을 것 같아서요."

"알았어. 발주서 꼼꼼하게 확인하고 실수 없도록 해."

사장이 뭔가 더 말하려고 했지만 나는 재빨리 종료 버튼을 눌러 버렸다.

해는 정수리 위에 떠 있었다. 버스 정류장에서 잠시 멍하니 서 있었던 나는 퍼뜩 정신을 차리고 수유행복을 살폈다. 아저씨가 사라졌다. 나는 편의점 쪽으로 몇 걸음 다가가 아저씨가 있던 자리를 살폈다. 그가 앉았던 뒤편 유리 벽에 대형 브로마이드가 걸려 있었다. 탱탱한 젖꼭지를 물고서 잠들어 있는 아이와 아이를 사랑스럽게 내려다보는 엄마의 사진이었다. 나도 저렇게 엄마의 품에 안겨 젖을 빤 순간이 있었을까? 엄마의 젖을 빨던 아기 적 내 모습을 애써 떠올렸지만 아무래도 상상이 안 됐다. 막 돌아서던 순간, 뒤에 서 있던 할아버지와 부딪칠 뻔했다. 나는 귀신이라도 본 것처럼 화들짝 놀라 뒤로 한

발짝 주춤거리며 물러섰다.

"아가씨, 시집가고 싶구먼?"

녹색 조끼를 입고 빗자루와 쓰레받기를 든 할아버지가 나를 향해 음흉한 웃음을 흘렸다. 놀란 나는 후다닥 정류장으로 뛰어가 정차해 있던 버스에 탑승했고 버스 중간쯤에 앉아 아저씨를 생각했다. 어디로 갔을까? 다시 나타나는 건 아니겠지? 그런 생각을 하다가 문득 할아버지의 음흉한 웃음이 떠올라 흠칫 놀라기도 했다. 이어폰에서 에이오에이의 「굿럭」이 흘러나왔다. 가사를 따라 흥얼거리다가 불현듯 그런 생각을 했다. 갈까? 할아버지의 말은 중독성이 있어서 종일 나를 혼란스럽게 했다. 공장에서도 나는 내내 '갈까?' '누구에게?' 그런 생각을 하며 종만이를 바라보았다. 종만이는 그날도 이상했다. 내가 말을 걸어도 어어 거리기만 했다. 아저씨가. 어. 사라졌어. 어. 갈까. 어. 괜찮아? 어. 나는 종만이가 일부러 모른 척하는 건 아닐까 생각하다가 서프라이즈 때문일 거라고 믿었다. 혹시 나만의 착각이면 어쩌지 싶어 잠시 불안하기도 했지만 나는 그것보다 내 안에 잠재된 엄마의 유전자가 한순간 발현되는 건 아닌지 그 때문에 종만이를 지긋지긋하게 하는 건 아닌지 걱정되었고 몹시 두려웠다.

성수사거리 포장마차에서 간식을 사 들고 공장으로 갔다. 문을 연 순간 사무실에 있는 종만이의 등이 보였다. 라양이 종만이를 보고 웃고 있었다. 순간 불쾌한 감정이 치밀어 올라 구토가 쏟아질 것 같았다. 나는 다급하게 뒤돌아서 공장 밖으로 뛰쳐나왔다. 그러고는 손에 든 비닐봉지를 잠시 바라보다가 그것을 길바닥에 던져 버렸다. 터진

봉지 사이로 김밥과 어묵이 먼저 쏟아져 나와 바닥에 뒹굴었고 이어 빨간 떡볶이 국물이 흘러나와 어묵 국물을 좀 더 멀리 밀어냈다. 바닥에서 뜨거운 김이 몽글몽글 피어오르다가 어디선가 불어온 찬바람에 이내 차갑게 식어 갔다. 따듯했던 김밥과 어묵과 떡볶이가 차례로 경직된 시체처럼 뻣뻣해지자 마음의 열기도 이내 가라앉았다.

 나는 태연하게 공장으로 되돌아갔다. 열이 있어? 혈색도 안 좋아 보여. 종만이가 내 이마를 제 손등으로 짚었다. 순간 손을 치워 낸 나는 두통 때문에 타이레놀을 먹었다고 곧 괜찮아질 거라고 둘러댔다. 종만이는 만들던 신발을 완성했는지 다른 신발을 만드는 중이었.

 그날따라 날이 흐려서 그런지 하수구 냄새와 섞인 피혁 왁스 본드 냄새가 지하 공장 곳곳에서 짙게 배어났다.

*

 이틀째 엄마는 들어오지 않았다. 또다시 술을 마시는 게 확실했다. 어디가 아픈지 예삐가 축 쳐져서는 식탁 의자 아래 누워 있었다. 나는 엄마에게 전화를 걸었다. 벨 소리가 길게 이어지다가 기계음으로 넘어가기 직전에야 엄마가 전화를 받았다.

 "아저씨가 안 보여."

 "잘됐네."

 엄마의 대답이 짧았다. 술을 마시기 전후로 엄마는 어투가 달라졌다. 술이 집착의 끈을 숭덩숭덩 잘라 버리는지 말이 짧아져 제대로 된 의사소통이 어려웠다.

"이사 가자."

"뭐라고? 뭔 소리야? 손님들이 떠들어서 안 들려."

엄마가 목청을 높였다. 나도 따라서 목청을 높여 이사를 외쳤지만 엄마는 뭐라고? 를 반복하다가 일방적으로 전화를 끊어 버렸다.

핸드폰으로 카드 내역을 검색했다. 그러고 보니 사용 내역에 변화가 있었다. T-money택시 오천사백 원에 이어 샤인 이만 원이 결제됐다. 웹 지도에 샤인을 검색하자 미아 사거리가 떴다. 여관이었다. 그곳은 엄마가 일하는 주점에서 가까웠다. 두 사람이 같이 있을까? 생각하다 보니 다시 두통이 심해졌다. 타이레놀 두 알 삼키고 침대에 누웠다. 잠결에 누군가 나를 껴안았다. 따뜻한 온기를 느끼던 나는 그가 누군지 궁금해서 눈을 떴다가 종만이가 아닌 낯선 남자여서 깜짝 놀랐다. 잠에서 깬 시각이 새벽 3시 정각이었다. 엄마가 주점 일을 마치고 돌아올 시간이었다. 예삐가 좋아하는 간식도 살 겸 카디건을 걸치고 편의점으로 갔다. 혹시라도 아저씨가 있으면 어쩌나 싶어 먼발치에서 목을 길게 빼고 편의점 귀퉁이를 살폈다. 간이 의자에 엄마가 앉아 있었다. 엄마 하고 부르려는데 편의점 문이 열렸고 그곳에서 손에 든 막걸리 병을 든 아저씨가 비척대며 걸어 나와 엄마 곁으로 갔다.

집으로 돌아온 나는 침대에 누워 이불을 뒤집어썼다. 뒤따라 들어온 엄마가 이불을 걷어 내고는 내게 신용카드를 내밀었다.

"어쩌라고?"

"일주일 정도 여행 갔다 와. 아저씨는 그동안에 내가 해결할게."

"일은?"

"며칠 쉰다고 해. 그깟 알바 자리 다시 구하면 되고."
엄마는 내 머리맡에 카드를 던져 놓고는 문을 쾅 닫고 나가 버렸다.

출근하기 전에 나는 문 앞에 떨어진 카드를 주워 검정색 롱패딩 주머니에 넣고서 곧장 공장으로 갔다. 종만이는 출근 전이었다. 나는 내 전용 스툴에 앉아 전날 블로그에 올린 종만이의 동영상을 재생시켰다. 너의 긴 손가락을 바라만 봐도 난 떨려, 를 흥얼거릴 때 라양이 내게 다가왔다.
"종만 씨, 오후에 출근한다고 했는데."
"네? 뭐라고요?"
나는 듣고도 못 들은 척 천천히 이어폰을 빼며 물었다. 평소에는 아는 척도 안 하던 그녀가 묘하게 웃으며 다시 또박또박 종만이가 오후에 출근한다고 말했다. 아, 들었는데 깜빡했다. 나는 이어폰을 다시 귀에 끼고서 밖으로 나왔다. 골목 모퉁이를 막 벗어날 때였다. 뒤에서 라양이 큰 소리로 뭐라고 떠들었다. 끝내 못 들은 척하자 뒤따라온 라양이 내 팔을 붙들었다. 안 들려요? 가파치 사장님이 전화 좀 하래요! 알겠어요. 간신히 입꼬리를 올려 고개를 끄덕인 나는 천천히 버스 정류장을 향해 걸어갔다. 버스 정류장에 어깨를 내리고 앉았다가 엄마의 잔소리가 생각나 허리를 곧게 세웠다.

대낮에 안암동 로터리는 밤에 왔을 때와는 사뭇 다른 느낌이었다. 버스에서 함께 내린 대학생들이 우르르 학교를 향해 걸어갔다. 나는 무리에서 동떨어진 새끼 철새처럼 정류장에서 잠시 두리번거리다가 그들과는 반대 방향인 제기동 쪽으로 걸어갔다. 버스로 왔던 길을 오 분쯤 거슬러 올라가면 양쪽 담장 사이가 비좁아 한 사람씩 올라가야 하는 골목이 나왔다. 그곳으로 접어들자 가슴이 제멋대로 쿵쾅거렸다. 그곳은 종만이가 내게 키스했던 장소였다. 두 달 전이었다. 블로 그에 소개를 잘해 줘서 고맙다며 종만이가 포장마차에서 술을 샀다. 적당히 취했을 때 종만이가 자신의 집에서 맥주 한 캔만 더 하자고 했다. 닭꼬치와 어묵을 안주 삼아 술을 마신 이후였다. 혀끝에 소주 맛과 닭꼬치 맛이 섞여 나서 내게도 그런 맛이 날 텐데, 걱정하던 순간에 종만이가 입술을 떼더니 내 손을 덥석 잡아 앞서 달리기 시작했다. 종만이는 언덕 위 스카이빌에 살았다. 그날 밤 나는 종만이의 침대에 나란히 누워 종만이의 이야기를 들었다.

"아버지가 교통사고로 돌아가신 이후로 삼촌이 기술을 배우라고 신발 공장을 소개시켜 줬어. 겨우 열여섯 살이었는데."

"나는 엄마가 억지로 대학에 보내서 한 학기 다녔는데 별거 없더라. 그래서 때려치웠어."

그날 이후, 나는 종만이와 가끔 만나 포장마차에서 술을 마셨고 스카이빌에서 종만이와 이런저런 이야기를 나누다가 밤늦게 집에 들어갔다. 둘이 있을 때 종만이는 다정하고 부드러운 남자였다.

갈 데 없으면 우리 집으로 와. 종만이가 한 말을 떠올리며 나는 용기를 내 경사진 언덕길을 혼자서 올라갔다. 502호 앞에 서서 잠시 호흡을 고르다가 무슨 소리가 들린 것 같아 조심스럽게 문고리를 돌렸다. 덜컥 문이 열리고 현관에 놓인 빨강 구두가 눈에 들어왔다. 나를 위한 서프라이즈가 분명했다. 감격한 나는 앞코가 까진 지저분한 검정 단화를 벗고 빨강 구두를 신어 보았다. 신발은 너무 끼지도 너무 헐렁하지도 않아 착용감이 좋았다. 십 센티가 넘는 굽은 처음이었지만 하루 종일 신고 다녀도 무리가 없어 보였다. 힐을 신은 채로 방으로 가고 싶었으나 종만이를 놀래 주려고 나는 까치발로 걸어 닫힌 방문을 열었다.

침대에서 남녀가 섹스를 하고 있었다. 언뜻 종만이가 나를 본 것 같았으나 다시 섹스에 몰입했다. 나는 뒷걸음치다가 현관에서 신발을 집어 들고 도망치듯 그곳을 빠져나왔다. 맨발로 내리 달리다 신발을 신으려고 삼층 계단참에서 멈춰 섰다. 손에 든 것은 빨강 구두였다. 나는 그것을 잠시 바라보다가 창밖으로 멀리 던져 버렸다. 구두 짝은 포물선을 그리듯 허공을 가르다가 서로 다른 곳에 떨어졌다. 와장창 창문 깨지는 소리가 들려오자 나는 계단을 마저 내려가 반대편 언덕 아래 낡은 주택가로 숨어들었다. 낮은 담장으로 이어진 골목길을 따라 얼마나 걸었을까? 나는 문득 발이 시려 걷기를 멈추고 주변을 둘러봤다. 어둠이 깔린 낯선 골목길, 꿈에서 본 장소에서 나는 맨발로 홀로 서 있었다.

큰길로 빠져나온 나는 눈에 띄는 찜질방을 찾아 들어갔다. 찜질방에서 맥반석 달걀 두 개와 식혜를 마시고는 이틀 동안 내리 잠만 잤다. 잠에서 깨어나서도 나는 바닥에 누워서 시체처럼 뒹굴었다. 삼 일째 되던 날 저녁 무렵에 엄마가 전화를 걸어와 다짜고짜 어디냐며 화를 냈다. 찜질방이라고 하자 팔자가 늘어졌다며 예뻐가 죽었다고 했다. 이어 욕설이 섞인 폭풍 잔소리가 이어졌다. 차분하게 말해 보라고 했지만 엄마는 한참을 맥락 없이 떠들다가 일방적으로 전화를 끊어

버렸다.

*

　빌라 주인은 당장에 집을 비우라고 했다. 사정은 딱하지만 어쩔 수 없다며 기한 내에 짐을 빼라고 했다. 엄마는 통장도 카드도 그대로 두고 흔적도 없이 사라졌다. 아저씨도 종적을 감추었지만 그의 행방은 엄마가 알고 있을 것이다. 전에도 엄마는 아저씨를 봉고차에 태워 어디론가 보내곤 했다. 엄마는 어디로 간 걸까? 이후로 나는 수없이 전화를 걸었지만 고객님의 사정으로 전화기가 꺼져 있다는 기계음만 반복될 뿐이었다.
　나는 세입자가 들어오기 전날 자정 무렵에 집을 비웠다. 여행 가방 두 개와 배낭에 간단한 짐을 챙겨 어두컴컴한 길을 걸어 택시 승강장으로 갔다. 지나가는 택시가 보이지 않아 카톡으로 택시를 호출한 나는 기다리는 동안 불빛이 따듯해 보이는 수유행복 편의점을 멀거니 바라보았다. 멀리서 보는 대형 브로마이드 속 엄마와 아기는 여전히 평화로워 보였다. 나는 자석에 이끌리듯 그곳으로 다가갔다. 가까이서 본 엄마의 젖가슴은 미세한 금으로 터지고 갈라져 있었다. 빈 젖을 빨다가 지친 아이는 울다가 잠들었는지 얼굴이 온통 마른 눈물 자국으로 지저분했다. 애초에 수유행복은 없었던 거다. 그런 생각이 들자 문득 나를 버리고 사라진 엄마에게 배신감이 들었다. 나는 브로마이드에 있는 모델이 엄마라도 된 듯이 분노해서는 그것을 뜯어내 북

북 찢어 바닥에 버렸다. 그러고는 카카오 택시가 도착하자 트렁크에 가방을 싣고 그곳을 떠나왔다.

　나는 지금 창신동 꼭대기 원룸에 살고 있다. 낮에는 잠을 자거나 블로그를 살피다가 한밤이 되면 그제야 검은 패딩을 걸치고 원룸을 나선다. 인적이 끊긴 내리막길에 찬바람이 거세게 몰아친다. 언덕 아래 편의점을 향하는 동안 북풍이 내리막길로 거세게 휘몰아친다. 길가에 낡은 가게 문짝과 간판들이 위태롭게 흔들린다. 내일부터 한파가 시작될 거라는 일기예보가 간만에 적중할 것 같다. 바깥에 북풍이 몰아쳐도 편의점 내부는 언제나처럼 평온하고 따뜻하다. 진열대에 왕소시지 도시락이 한 개 남아 있다. 그것을 집어 바구니에 넣고 맥주 한 묶음, 삼각 김밥, 라면, 스낵을 1+1이나 2+1로 골라 담아 계산대에 올려놓는다. 이만 원이 훌쩍 넘어선 금액을 결제하고 물건이 담긴 비닐봉지를 손에 쥐고서 출입구로 간다. 통유리 문 중앙에 알바 구함 전단이 붙어 있다. 여기 알바 할 만한가요? 계산대 앞에 앉아 핸드폰을 보던 직원이 잠시 머뭇거리다가 새벽에 졸리는 것 말고는 괜찮다고 한다. 나는 핸드폰으로 전화번호를 찍고 밖으로 나선다. 칼바람에 패딩 모자가 벗겨진다. 차가운 눈송이가 얼굴을 때린다. 한손으로 모자를 눌러쓰고 다른 손으로는 비닐봉지를 단단히 움켜쥔 채로 언덕배기를 향해 내처 달린다. 쌕쌕거리는 호흡을 몰아쉬며 가로등 앞을 지나 왼쪽 골목길로 접어든다.
　저만치 나보다 한 발 앞선 그림자가 어둠 속으로 스며든다.

한낮의 바다

한낮의 바다

*

　아내가 여행을 떠난 다음 날에 나는 휴가를 냈다. 성호를 데리고 고향에 다녀올 생각이었다. 계획은 첫날부터 어긋났다. 낮 11시쯤 눈을 떴을 때 편도가 부어 침을 삼킬 수가 없었다. 오뉴월 감기라니. 약을 챙겨 먹고 푹 쉬고 나면 나을 줄 알았다. 나는 약상자를 뒤져 감기약 두 종류와 해열제 두 알을 한꺼번에 삼키고 잠이 들었다. 얼마쯤 지나 고열로 인해 잠에서 깨 다시 약을 삼켰고 이후로 며칠 동안 열이 떨어지지 않아 환각 상태가 이어졌다. 어떤 순간에는 낮이었다가 어떤 순간에는 밤이었고 간혹 음악 소리도 들려왔다. 어디서 많이 듣던 노래였는데 의식 너머에서 들려오는 소리여서 이쪽에 있는 나를 깨우지 못했다. 노래를 따라 부르던 나는 퍼뜩 악몽이 떠올라 잠에서 깼다.
　죽여야 한다. 형체를 드러내지 않는 어떤 목소리가 말했다. 성호는 방바닥에 축 늘어진 채로 누워 있었다. 털 뽑힌 닭처럼 성호는 알몸으로 누워 체념한 듯이 겁먹은 눈동자를 이리저리 굴리고 있었다. 목을 찔러. 목소리가 재촉했다. 손바닥에 흥건하게 땀이 고였다. 나는 손에 든 식칼을 성호의 목에 들이밀다가 잠시 주춤했다. 죽여! 소리가 다시 들려왔다. 눈을 찔끔 감고서 목을 찔렀다. 방바닥에 피가 흥건하게 고였다. 부엌에서 키친타월을 가져와 피를 닦아 냈다. 타월이 쓰레기통에 수북하게 쌓였다. 그때만 해도 성호는 분명 숨을 쉬고 있었다.

꿈이었지만 너무 섬뜩했다. 주춤거리며 서재로 간 나는 문고리를 잡고서 멈칫했다. 문을 열면 성호가 천장을 바라보며 눈을 희멀겋게 뜨고 있을지도 모른다는 생각에 손에 진땀이 났다. 손을 메리야스에 문지르고서 문을 열었다. 끼익, 경첩 소리가 경고음처럼 날카로웠다. 소리에 놀란 나는 열다 만 문틈으로 조심스럽게 고개를 들이밀었다. 바닥에 널브러져 있을 줄 알았던 성호가 보이지 않았다. 가슴을 쓸어내린 것도 잠시 흑하고 방에서 악취가 풍겨 났다. 숨을 참고 안으로 들어가 창문을 열었다. 바깥에서 더운 공기가 밀려들자 한증막에 들어선 것처럼 현기증이 났다. 3시 방향에 떠 있는 태양의 열기에 주차된 차들이 녹아내릴 듯 흐물거렸다. 층마다 돌아가는 에어컨 실외기 소음이 요란했다. 선풍기를 틀고서 방을 둘러보았다. 서재였던 방은 성호가 차지하면서 몰라보게 달라졌다. 비치용 비닐 가방과 검정 보스턴 가방이 침대 끄트머리에 놓여 있었고, 일할 때 신었던 작업화와 장비가 든 추레한 갈색 가방이 쇼핑백에 한꺼번에 담겨 있었다. 성호를 챙겨 준 미장이가 보관했던 짐이었다. 버리라고 했지만 성호는 일할 때 쓸 거라고 질색했다.

브라운 원목 책장과 책상에 하얗게 먼지가 쌓여 있다. 그것들은 아내가 혼수로 해 온 것들이다. 책상 가장자리에 바둑 잡지가 놓여 있다. 바둑에 흥미가 있는 성호를 위해 내가 정기 구독한 잡지다. 격월지인데 최근 잡지는 비닐 봉투를 뜯지 않은 채로 쌓여 있다. 그 위로 광고 문구와 전화번호가 새겨진 일회용 가스라이터가 즐비하다. 성호가 돌아다니며 길거리에서 수집한 라이터들이다. 성호는 이제 쓰레기를 구분하지 못하고 길가에 버려진 것들을 수집한다. 버리면 다시 주워 와 그것들이 전리품이라도 되는 양 책상 위에 늘어놓는다. 옆에 찌꺼기만 남은 허니버터 과자 봉지가 놓여 있다. 봉지를 주워 들자 냄비 받침으로 쓴 『이방인』이 놓여 있다. 라면 국물이 튀어 있고 동그랗게 눌린 자국이 선명하다. 취직 후 첫 월급을 받아 샀던 책이다. 교보문고에서 누군가를 만났는데 사람은 기억나지 않고 책장을 넘기던 순간만 기억난다. 책을 들어 페이지를 휘리릭 넘다가 중간쯤에서 문장을 살핀다. 뜨거운 태양, 달궈진 모래사장, 수영하는 뫼르소. 눈썹을 타고 흘러내려 눈을 따갑게 하는 태양의 강렬함. 뫼르소가 바다와 해변을 오고 가는 장면에서 그때 느꼈던 감정이 되살아났다. 나는 이국의 바닷가도 내 고향의 바다와 별반 다르지 않다는 사실에 안도했었고 그 동질감 때문인지 뫼르소가 느꼈던 불안과 귀찮음을 어렴풋이 이해하기도 했었다.

어린 시절, 나는 여름철이면 바닷가에서 살다시피 했다. 허물이 벗겨져 등이 따끔거려도 여름엔 물속만큼 시원한 곳이 없었다. 아침을 먹자마자 친구들을 만나 바닷가로 나가 물속으로 뛰어들었고 몸이 차가워지면 모래사장 대신 갯돌해변에서 몸을 말렸다. 그렇게 한나절을 바다에서 보내고 집으로 돌아갈 때는 배가 고파 현기증이 일었고 갈증으로 속이 메스꺼웠다.

그때처럼 속이 울렁거렸다. 책을 들고 거실로 나온 나는 비틀거리며 바닥에 주저앉았다. 여보! 아들! 다들 어디에 갔는지 불러도 대답이 없었다. 천천히 일어나 아들 방을 살폈다. 아들도 아내도 보이지 않았다. 그제야 나는 아내와 아들이 캐나다로 여행을 떠난 사실을 상기했다. 아내는 신혼 초부터 캐나다에 사는 친구가 놀러 오라고 해도 나중으로 미루더니 난데없이 이번에는 비행기 표를 예매했다고 했다. 자유 학기 때 나갔다 와야지 중2부터는 내신 신경 쓰느라 아무 데도 못 간대. 방학식 날이 겹쳐서 선생님께도 미리 말씀드렸어. 의논이 아닌 통보였으나 이미 잡아 놓은 일정이어서 나는 싫은 기색도 하지 못하고 다녀오라고 했다.

*

성호는 어디로 간 걸까? 밥솥을 열어 보았다. 말끔하게 비어 있었다. 싱크대도 마찬가지로 깨끗했다. 나는 라면을 끓여 먹고서 다시 소파로 가 기댔다. 까무룩 잠들 무렵 어디선가 컬러링이 들려왔다. 안방 침대 베개 밑에서 핸드폰이 울리고 있었다. 아내였다. 아내는 왜 며칠씩이나 통화가 안 됐는지 물었다. 어? 바빴지. 지금은 출근 시간 아니야? 어? 어, 좀 늦게 나간다고 했어. 내가 대충 얼버무리자 아내는 자신의 일정을 보고했다. 아들은 캠프에 참가했고, 자신은 친구와 함께 토론토 명물인 신구 청사와 철도 박물관을 둘러보고 씨엔 타워까지 올라갔다고 했다. 거기서 나이아가라 폭포까지 보였어. 낼은 폭포를 방문할 예정이야. 신이 난 아내는 벌써부터 설렌다고 했다. 집에서는 본척만척 외면하더니 아내는 신혼 때 출장에서 돌아온 내게 그랬던 것처럼 자잘한 일상들을 늘어놓았다. 한참을 듣던 나는 딱히 생각나는 말이 없어서 지은 씨 남편은 뭐하냐고 물었다. 아내는 다시 장황하게 말을 이었다. 남편이 아닌 지은의 두 아들에 관한 이야기였다. 큰아이는 취업했고 둘째는 곧 대학생이 된다고 했다. 아내는 마치 자신이 엄마인 양 자랑이더니 나중에서야 지은의 남편에 대해 언급했다. 캐나다에서 직업을 구하기가 쉽지 않아 한국에서 회사에 다니고 있대. 나중이 더 문제군. 나는 그렇게 생각했지만 말을 입 밖으로 꺼내지는 못하고 마른침을 삼켰다. 할 말이 없어지자 그제야 아내가 성호의 안부를 물었다.

"가출했어."

"금방 돌아오겠지. 자주 그랬잖아. 불안하면 경찰에 신고하던가."

"내가 알아서 할게. 신경 쓰지 말고 잘 놀다 와."

아내는 비행기를 타기 전에 연락한다며 전화를 끊었다. 나는 다시 이불 속으로 파고들었다. 몸을 웅크리고 이불을 뒤집어써도 오한은 가시지 않았다. 침대 어디선가 미세한 골이 있어 그곳에서 찬바람이 끝없이 새어 나오는 것 같았다. 추워, 춥다고. 자꾸만 중얼거려도 말을 들어주는 사람은 아무도 없었다. 계속해서 꿈인지 생시인지 모르는 시간이 이어졌다. 집은 생물체처럼 점점 커져 갔고 반대로 나는 점차 작아져 마침내 티끌로 변해 버렸다. 가벼운 입김에도 날아오를 미진으로 변한 나는 스탠드 갓 위에서 아내가 돌아오기를 기다렸다. 아내가 돌아오지 않는다면 나는 언제까지나 그 자리에서 꼼짝없이 기다릴 수밖에 없다. 미진일 뿐인데도 냉기가 느껴졌고 어느 순간에는 몸이 불덩이처럼 뜨겁게 달아올랐다.

멀리 바다가 보였다. 나는 열기를 식히기 위해 그곳으로 달려갔다.

*

섬 아이들이 대부분 그렇듯이 나는 여름만 되면 바닷가에서 수영을 했다. 그때는 성호가 나의 보호자였다. 성호의 나이는 나보다 세 살 위였다. 어린 그는 동생인 나에게 수영을 가르쳐 주었고, 라면을 끓여 주었으며, 길가에서 몸을 말리는 뱀을 막대기로 처리하는 방법도 알려 주었다. 하지만 그것은 아주 어렸을 때 일이었다. 지금은 처지가 바뀌어 나는 성호의 보호자가 되었다. 성호는 내게 신세를 지면서도 뭔가 기분이 상하거나 못마땅하면 수시로 그때를 들먹였다.

"내가 널 살려 줬을 때가 몇 살이었지? 다섯 살이던가, 여섯 살이던가? 아무튼 그때 너는 내가 아니었으면 죽은 목숨이었어. 수문에 빠져서는 엉덩이만 동동 떠 있는 걸 내가 끄집어냈잖아. 그것뿐이야? 발목을 접질렸을 때가 국민학교 2학년 때였지. 내가 매일 널 업고 학교에 갔잖아. 한 달 동안 얼마나 힘들었던지 그때는 네가 통통해서 무거워 죽는 줄 알았다니까."

"옛날이야기 그만하고, 현관 비밀번호나 외워."

나는 과거의 기억만 생생한 성호에게 현실을 자각시켜야만 했다.

"그렇긴 하지."

이내 기가 죽은 성호는 일어서서 방으로 들어가 담배를 피우거나 화장실로 가 가래를 칵칵대며 요란하게 뱉어 냈다. 성호는 언제나 그런 식이었다. 과거를 회상할 때는 반짝 생기가 돌았다가 현실로 돌아오면 꼴을 부리거나 화를 내거나 했다.

나의 기억은 성호와 다른 지점에 머물렀다. 중학교 때 도시로 유학을 나온 나는 방학 때 잠깐 집에 갔다가 성호를 만나곤 했다. 성호는 섬에 있는 수산고등학교에 다녔다. 지금의 특성화고 전신인 수산고를 나오면 항해사나 기관사가 될 수 있었다. 졸업하면 기관사를 할 거라곤 했지만 성호가 공부한 모습을 본 적이 없던 나는 자격증을 따기나 할지, 졸업은 가능한지 지레 걱정이 됐다. 걱정과 달리 성호는 수산고를 졸업하기 전에 실습을 나갔다. 원양어선에 승선하던 날이 마침 방학이어서 나는 부모님과 함께 성호를 배웅하러 부산까지 갔었다. 친척 집에서 일박을 하고 돌아오던 고속버스 안에서 나는 잠시 기대에 부풀었다. 성호가 돈을 벌면 자취방에서 벗어나 식사가 제공되는 하숙생활을 할지도 모른다고. 부모님이 챙겨 주는 밥을 먹고 다니는 친구들에 비해 나는 학습 시간이 턱없이 부족했기에 돈벌이에 나선 성호에게 은근한 기대를 품은 것이다. 나의 기대는 일 년도 안 돼 무너졌다. 성호는 잠시 귀국한 배에서 내리더니 다시는 바다로 나가지 않겠다고 선언했다. 이 마을 저 마을에서 누가 얼마를 벌어 왔다더라, 누가 집을 새로 지어 줬다더라는 소식이 간간이 들려오던 때여서 아버지는 성호가 더 이상 배를 타지 않겠다는 선언에 몹시 상심했다. 이후로 아버지의 한숨 섞인 한탄이 한동안 이어졌다. 태평양에서 원양어선이 침몰한 사고가 발생하고 나서야 아버지의 푸념은 잠잠했는데 그 사고로 이웃 마을의 순철이 실종됐다. 순철은 내 친구 인철의 형이었다. 인철은 순철의 보상금으로 영국으로 유학을 떠났다. 몇 년 후 그곳에서 박사 학위를 취득하고 돌아와 지금은 경기도의 한 대학에서 강의 중이다.

    인철은 술에 취하면 형을 찾느라 주위를 두리번거리며 헛소리를 했다. 순철이 살아 있을 거라고, 무인도 어딘가에 떠밀려 가 돌아오는 데 시간이 걸린 것뿐이라고, 사고로 기억을 잃어서 돌아오지 못한 믿을 수 없는 일들이 실제로 있었다면서, 죽은 건 아닐 거라고 자주 웅얼거렸다. 나는 그럴지도 모른다며 인철의 어깨를 다독거렸다. 확률로 따지면 희박한 가능성이었지만 전혀 불가능한 말은 아니었다. 바닷가 아이들은 태풍이 몰아치기 직전까지도 집채만 한 파도를 타고 놀았다. 그러니 배가 좌초됐다 하더라도 순철은 선박의 잔해라도 붙들고서 바다를 표류하다가 생존에 성공했을 수도 있을 것이다. 잘 살겠지, 잘 살고 있을 거야. 인철을 달래며 나는 성호를 생각했다. 잘 살고 있을 거라는 말은 사실 나를 위로하는 말이기도 했다. 그때는 성호와 연락이 끊긴 상태였다.

*

    집 문제가 안정될 무렵에 나는 성호와 함께 일했다는 미장이의 연락을 받았다. 성호는 대학 병원 중환자실에 입원해 있었다. 일을 나가다가 길거리에서 쓰러졌던 성호는 사흘 만에 의식을 되찾았다. 의사는 알코올성 치매가 의심된다며 가족의 지속적인 보살핌이 필요하다고 했다. 의사의 진단에도 불구하고 성호가 기력을 회복하면 곧 일상이 가능할 줄 알았던 나는 아내의 동의를 얻어 당분간 성호를 집에서 돌보기로 했다.

반년쯤 지나자 아내가 성호에 대해 투덜거렸다.

"눈만 뜨면 밖으로 나가서 해가 져야 집으로 돌아와. 비번을 누르지 못해 밖에서 서성대다가 이웃에게 이상한 사람으로 오해받기도 했다니까? 내가 학습지 지도하는 시간이라고 그때는 전화하면 안 된다고 해도 꼭 일할 때 전화해. 하긴 폰도 잃어버려서 이제는 전화도 못 하긴 하지만. 씻는 것도 치우는 것도 뭐든지 싫어해. 내가 거실이나 부엌에 있으면 방에서 나오지도 않아."

아내는 어떨 때는 성호가 말짱해 보여서 혹시 일부러 그러는 게 아닌지 헷갈린다고 했다.

두 달 전이었다. 나는 현관문 한가운데 붙어 있는 노란 스티커를 발견했다. 주거 실태 조사 안내문이었다. 그제야 낮에 받았던 전화가 생각났다. 엘에이치 공사 주거지 실사팀 소속이라고 자신을 소개한 남자가 성호를 만나야 한다고 했다. 다음 날 반차를 내도 업무에 지장이 없도록 일 처리를 하느라 그사이에 깜빡했다. 이런 걸 붙이다니. 잡아채듯 스티커를 뜯어낸 나는 도어록 비번을 누르고 문을 열었다. 집 안에서 훅 하고 밀려 나온 악취에 나도 모르게 코를 붙잡았다. 현

한낮의 바다

관 입구에 놓인 성호의 신발이 보였다. 비밀번호를 익혔을까? 아무도 없는 집에 혼자서 들어왔다는 사실에 나는 방금 전 불쾌함을 잊고서 거실 불을 켜 스티커 내용을 살폈다.

주거 실태 조사 안내문, 방문 일시, 방문 실패 사유, 방문 회차, 조사원 이름, 연락처, 주거법 제 14조에 의하면 실태 조사가 안 될 경우 급여 신청 각하 내지는 중지될 수 있다는 내용이었다. 안내문이라기보다는 불이익을 당할 수 있다는 경고성 문구였다. 이판례. 담당자 이름이 검정 수성 펜으로 인쇄된 문구 위에 커다랗게 덧쓰여 있었다. 판례. 이름을 웅얼거리다 보니 어쩐지 이상한 불안감이 스멀거렸다. 나는 거실을 휘이 둘러보았다. 악취가 점유한 거실, 밤인데도 들어오지 않는 아내와 아들, 저녁의 온기가 사라진 부엌, 누가 들어온 지도 모른 채로 방에 틀어박혀 있는 성호. 모든 것이 나쁜 판례처럼 느껴졌다. 스티커를 구겨서 쓰레기통에 버린 나는 냉장고에서 김치와 멸치 볶음을 꺼내고 밥을 퍼 식탁에 올려 두고 성호를 불렀다. 자다 깼는지 부스스한 몰골로 나온 성호가 식탁에 앉아 무심하게 밥을 먹기 시작했다. 나는 버린 스티커를 다시 꺼내 손으로 펴 성호에게 내밀었다. 수저 가득 밥을 떠 입 안에 넣던 성호가 멀뚱하게 쳐다보며 그게 뭐냐는 표정을 지었다.

"내일은 나가지 말고 집에 있어. 실사팀에서 조사할 게 있대."

"아, 답답한데."

성호는 미간을 잔뜩 찌푸리더니 남은 밥을 입 안에 한꺼번에 욱여넣고서 방으로 들어가 버렸다. 긴 숨을 들이마신 나는 이내 성호의 방으로 따라 들어갔다. 나도 집에 있을 거야. 성호는 창문을 열어 놓고 담배를 피우며 대꾸가 없었다. 그때였다. 위층에서 수군거리는 소리가 들려왔다. 맞잖아, 아래층에서 피우는 거라니까. 위층 소리에 놀란 나는 성호의 담배를 빼앗아 불을 꺼 버렸다. 그러자 성호가 담배를 들고서 밖으로 나갔다.

전날 밤 학원 수업이 끝난 아들과 함께 귀가했던 아내가 식탁에 앉아 샌드위치를 삼키는 아들을 재촉했다. 늦겠다, 서둘러. 출근 시간보다 한 시간 늦게 일어난 나는 거실 소파에 앉으며 반차를 냈다고 했다. 아내는 나를 보지도 않고 말없이 숄더백을 챙겨 현관 앞으로 갔다. 다녀오겠습니다. 아들이 꾸벅 인사하며 책가방을 메고 따라나섰다. 나는 리모컨으로 티비를 켰다. 채널을 돌려 가며 아침 드라마 두 편을 보았고 무엇이든 물어보세요, 를 보고 있었다. 방에서 나와 부엌으로 향하던 성호가 나를 보더니 놀란 듯 다시 방으로 들어갔다. 성호를 불러내 식탁에 마주 앉아 말없이 빵과 주스를 먹었다. 식사를 마치고 물을 한 컵 따라 마신 성호가 자리에서 일어서더니 나가도 되냐고 물었다. 나는 방에서 기다리라고 곧 손님이 올 거라고 말했고 성호는 어제처럼 인상을 쓰면서 방으로 들어갔다. 나는 설거지를 했다. 행주로 식탁을 닦고 빨아 싱크대에 걸고 나자 기다렸던 것처럼 딱 맞게 벨이 울렸다. 약속 시간 십 분 전이었다. 방문자들은 중년의 남자 둘이었다. 한 사람은 서류철을 들었고 다른 한 사람은 목줄이 달린 카메라를 들고 있었다. 서류철을 든 남자가 성호가 누군지 물었다. 나는 성호가 있는 방문을 열고 그를 안내했다. 김성호 씨 맞나요? 그가 어색하게 선 채로 질문하자 침대에 고개를 숙이고 앉아 있던 성호가 머뭇대며 그렇다고 대답했다. 그가 서류에 뭔가를 적어가며 질문을 했고 성호가 그 질문에

한낮의 바다 183

짧게 답했다. 그사이 카메라를 든 남자가 나를 부르더니 화장실이 어딘지 물었다. 바로 옆이라고 문을 열어 주자 그가 카메라로 화장실을 찍었다. 그건 왜? 업무상 필요해서요. 주방은 어디죠? 저쪽인가요? 그는 빤히 보이는 주방으로 시선을 두고서 내게 물었다.

"그건 저희가 쓰는 주방인데요."

"그럼 따로 주방이 있나요?"

내가 아니라고 하자 그가 반박조로 말을 이었다.

"그러니까 함께 주방을 쓴다는 말이겠네요."

나는 마지못해 고개를 끄덕였다. 그러자 그가 카메라를 들고 부엌으로 성큼 걸어가 셔터를 연달아 눌렀다. 뭔가 잘못된 듯했다. 때맞춰 서류철을 든 남자가 성호의 방에서 나왔다. 그는 내게 월세를 얼마 받는지 물었다. 안 받는다고 하자 그가 무상 임대라고 중얼거리더니 서류에 체크했다. 몇 가지를 더 질문한 뒤 두 사람이 현관 쪽으로 가더니 귓속말로 소곤거렸다. 다 끝나셨나요? 내가 그들에게 물었다. 네. 서류를 든 남자가 대답하고서 밖으로 먼저 나갔다. 호패도 찍어야 하는데요. 뒤따라 나간 남자가 문 밖에서 다시 카메라를 들어 올렸다. 나도 모르게 현관문을 막아서며 이것까지 찍어야 하냐고 불쾌감을 드러냈다. 두 사람이 다시 소곤거렸다. 아무래도 찍어야 할 것 같은데. 그렇겠죠? 근접해 있어 소곤대는 내용이 다 들려왔다. 내용으로 보아 그들도 잘 모르는 것 같았다. 잠시 망설이며 주머니에서 뭔가를 꺼내든 남자가 나를 향해 카메라를 들어 올렸다. 그가 셔터를 누르기 직전에 나는 옆으로 살짝 비켜섰다. 그러자 호패 아래에 스티커를 붙여 놓은 그가 사진을 찍었다. 엘리베이터를 탄 그들이 사라지자 성호가 뒤

따라 나오더니 계단으로 내려가 버렸다. 불법 침입자 같던 이들이 다 빠져나가자 나는 집 안을 휘둘러보고서 소파에 앉아 좀 전의 상황에 대해 생각했다. 문을 찍은 것이 분명한 것 같았으나 스티커가 어떤 색이었는지 생각나지 않았다. 혹시나 카메라에 신체 일부라도 잡힌 건 아닌지 불안감이 증폭되자 카메라를 보여 달라고 할 걸 잘못했다는 생각이 들었다. 호패 아래 신체의 일부가 찍혔는지 모른다고 생각하니 죄수복에 번호를 단 내 모습이 연상되어 얼굴이 화끈거렸다.

한낮에 출근길이 그날따라 이상하게도 낯설었다. 매일 지나는 길인데도 낯선 까닭을 생각하다가 문득 판례라는 이름이 떠올랐다. 둘 중 누가 판례인지 물어볼걸. 생각하던 나는 왜 지나고 나서야 후회하는지 그 까닭에 대해 고민하다가 회사에 도착했다.

이후로도 피할 수 없는 일들이 연달아 일어났다. 건강관리공단에서도 성호를 면담했다. 동사무소에서는 근로 능력 평가서를 제출하라고 했다. 서류 한 장을 떼기 위해서는 적어도 두 달 이상을 정기적으로 다녀야 했다. 건강한 직장인이라도 병원에 가는 것은 쉬운 일이 아니었다. 폐쇄 공포증 환자처럼 구는 성호를 데리고 병원에 가는 일은 더욱 그러했다. 내가 다 알아서 하겠다며 큰소리친 이후여서 아내에게 부탁할 수도 없었다. 회사에서 일하다가도 핸드폰 액정에 낯선 번호가 뜨면 나는 조용히 복도로 나가 낮은 음성으로 누구냐고 물었고 만나야 할 사람이면 날짜와 시간을 조율했다. 기관들의 일은 일종의 검증 절차와 비슷했다. 성호를 위한 정책이라기보다 문제가 발생했을 때 자신의 일 처리에 문제가 없었음을 증명하는 자료 확보를 위한 걸로 보였다. 그들에게 필요한 자료들은 애초에 성호 혼자서 처리가 불가능한 일이었는데 그걸 기관들은 당연하게 요구했다. 부당함에 대해 말하면 절차와 규칙을 내세웠다. 다행히 일정 시기가 지나자 한동안은 잠잠했다. 하지만 끝없이 배달되는 것들이 있었다. 성호가 주소지를 옮긴 이후로 각종 미납 고지서와 독촉장이 날아와 신발장 위에 겹겹이 쌓여 갔다. 어떻게 된 건지 물으면 성호는 짜증부터 내며 기억이 안 난다고 했다. 나는 가끔씩 쌓인 우편물을 쓰레기봉투에 담아 내다 버렸는데 일정 기간이 지나면 고지서가 다시 쌓였다. 인터넷으로 검색해 보니 국가에 체납된 세금은 죽을 때까지 날아들 거라고 했다. 가끔 나는 자다가 집 안이 독촉장으로 가득 찬 악몽에 시달리기도 했다.

*

삼 년 전, 근무처가 바뀌면서 나는 D시 아파트 단지를 돌며 집을 구하러 다녔다. D시는 국내 굴지의 반도체 공장이 있어 전세 구하기가 힘들었다. 세 군데 매물이 있기는 했지만 전세가가 매매가에 근접했다. 망설이는 나에게 공인 중개소 사장은 물건이 없어서 난리라며 서둘러야 한다고 했다. 살던 집도 이미 나간 상태여서 매우 난감했던 나는 이틀 뒤에 다시 중개소를 방문했다. 이틀 만에 매물 한 곳이 가계약된 상태였다. 전세는 두 곳뿐이었다. 매일 네 시간씩이나 출퇴근할 수 있겠냐며 아내가 계약하자고 채근했다. 깡통 전세의 위험성이 연일 신문에 오르내리던 시기였다. 무슨 일이야 있겠어? 아내가 말했고 나는 마지못해 그렇겠지? 하며 계약서를 작성했다.

세 달 만에 집주인이 망했다. 그는 하우스 푸어가 되자 개인 회생 절차를 밟았다. 그동안에 나는 아무것도 할 수 없었다. 잠을 이루지 못하고 뒤척이던 밤이 이어지던 어느 날 자는 줄 알았던 아내가 조용히 흐느끼더니 다 제 잘못이라고 했다.

"이사한 지 얼마 안 돼서 집주인이 전화를 해서는 집을 사는 게 어떻겠냐고 묻더라고. 이제 겨우 이사해서 적응했는데 대출금에 이자까지 괜한 고생을 사서 할 필요가 없다고 생각했어. 당연히 싫다고 했더니 집주인이 전화를 끊으면서 암튼 난 말했어요, 하더라고. 잠깐 이상하다는 생각은 했는데……."

나는 울고 있는 아내에게 왜 그랬냐고 따져 물을 수가 없었다. 다만 괜찮다는 말도 할 수가 없어서 조용히 방에서 나와 서재에서 잠을 잤다. 이후 집주인이 판결을 기다리는 동안 나는 J은행을 찾아가 은행장과 면담했고, 법무사 사무실에도 들러 구제 방법을 알아보았다. 다들 방법이 없다며 경매까지 가도 낙찰받는다는 보장도 없다고 했다. 아내도 지인들을 통해 다방면으로 알아봤으나 뾰족한 대안이 없는 것 같다고 했다. 대안이 없었기에 나는 무모한 믿음이라는 걸 알면서도 다 잘될 거라고 믿기로 했다. 믿음이라는 게 그렇듯이 다짐을 해도 자주 흔들려서 나는 때때로 나의 처지에 대해 골몰했다. 어쩌다가 이 지경인지 해결이 되긴 할 건지 앞날을 생각하다 보면 업무에 집중할 수가 없었다. 잠을 자다가도 퍼뜩 깨어나 집이 사라진 건 아닌지 불안에 시달렸다. 그런 날이 지속되던 어느 순간에 이러다가 죽겠구나, 하는 순간이 찾아왔다. 숨이 막히고 손가락 하나 움직이기 힘들었다. 병원에서 나를 진찰한 의사가 공황장애로 인한 발작증이라며 약 복용을 권했다. 약을 먹자 발작은 완화되었다. 그러는 동안에도 시간은 흘러갔고 앞날은 오랫동안 불투명했다.

다행히 나는 집을 양도받았다. 집주인이 오백만 원을 요구해서 소송을 걸겠다고 하자 삼백만 원이라도 해 주면 안 되겠냐고 사정했다. 나는 이백만 원에 합의하고 서류를 정리했다. 취득세와 매달 이백만 원이 넘는 이자를 갚아야 했지만 전세금을 날리는 최악의 사태는 지나갔다. 괜찮을 거라는 믿음이 그때는 유효했다.

최근에 다시 증상이 나타났다. 전조 증상은 턱 막히는 호흡으로 시작되었다. 잠에서 깬 순간 나는 호흡하는 법을 알지 못하고 태어난 신생아처럼 숨 막히는 두려움과 마주했다. 한 번 시작된 발작증은 장소와 때를 가리지 않고 나타났다. 운전하다가 온몸이 마비돼서 접촉 사고를 낸 적도 있었다. 접촉 사고 직후 운전대를 붙잡고 떨고 있는데 상대 운전자가 다가와 나를 보고는 안색이 안 좋다며 그냥 가라고 했다. 비행기를 탈 때는 유독 증세가 심했다. 이륙한 비행기가 구름 위를 날면 난기류에 휩쓸리는 상상이 들었고 태양이 수평으로 떠 있으면 날개를 잃고 추락한 이카루스가 생각났다. 고통을 견디느니 차라리 추락하는 것이 나을 것 같았다. 공장은 중국 산동성에 있었다. 개발 부서 파트장인 나는 자주 비행기를 타야 했다.

*

귀국 일정이 당겨졌다. 신제품 점검이 순조로워 사흘이나 일찍 돌아온 것이다. 불 꺼진 거실을 조심스럽게 걸어가 안방 문을 열었다. 문이 잠겨 있었다. 나는 서재에서 문틈으로 새어 나오는 불빛을 확인하고 아들 방으로 갔다. 각방을 쓴 이후로 아들 방은 내 방이 됐다. 재킷을 벗고 침대에 누웠던 나는 컴퓨터 전원이 켜진 걸 발견하고 다시 일어나 의자에 앉아 마우스를 움직였다. 블로그 화면이 떴다. 나는 화면에 보이는 글을 무심코 읽어 내렸다.

누군가 벨을 연거푸 눌렀다. 인터폰 화면에는 중년의 아줌마가 눈을 끔뻑거리고 있었다. 미정이 스피커에 대고 누구냐고 묻자 저쪽에서 통장이라고 했다. 문을 열자 처음 보는 중년의 아줌마가 서 있었다. 통장은 몇 번이나 왔었다며 불쑥 누런 서류 봉투를 내게 내밀었다.
"이게 뭐예요?"
"쓰레기봉투 같아요. 동사무소에서 주던데요?"
"다음에는 우편함에 넣어 주세요. 이 시간에는 제가 없어서요."
"밖에서는 불빛이 보이던데."
"사람이 있긴 한데 안 열어 줄 거예요. 치매거든요. 지금도 나와 보지도 않잖아요."
미정은 고작 쓰레기봉투 때문에 그러냐고 말하고 싶은 걸 겨우 참고 불빛이 새어 나는 방을 턱으로 가리켰다. 미정이 가리킨 곳을 잠시 힐끔대던 통장이 알겠다며 엘리베이터로 가 버튼을 눌렀다. 잠시 후 도착한 엘리베이터 문이 열리자 안으로 들어간 통장이 얼굴을 내밀며 한마디 덧붙였다.
"동사무소에서 상담이라도 받아 보시죠. 방문 요양 보호사도 있던

데."

"물어봤죠. 자격 미달이래요."

미정의 말이 끝나기도 전에 문이 닫혔다. 생각할수록 기분이 나쁜 미정은 김의 방을 한참 째려보다가 서류 봉투를 찢었다. 봉투 안에 이십 리터 한 장과 십 리터 두 장의 종량제 봉투가 반듯하게 접힌 채로 들어 있었다. 미정은 그것을 식탁에 던져 놓고 안방으로 들어가 침대에 벌렁 누워 버렸다. 한동안 그러고 있었는데 짜증이 목구멍을 치고 올라왔다. 모로 누워 핸드폰으로 미즈넷에 올라온 글을 읽었다. 시모의 처사에 대해 하소연하는 글이었다. 글을 읽고 나니 답답증이 더했다. 벌떡 일어나서 부엌으로 갔다. 물을 마시려고 보니 컵이 지저분했다. 좀 전에 말끔하게 설거지를 했는데 그사이에 그가 나와서 컵을 놓고 간 거였다. 김이 문틈으로 귀를 세우고 있다가 고양이 걸음으로 나왔을 생각을 하니 소름이 돋았다. 사용한 컵은 물에 담가 놓으라고 해도 소용이 없었다. 확, 그냥. 미정은 저도 모르게 컵을 바닥으로 내리치려다가 순간 주춤했다. 불현듯 동료 박 선생의 말이 떠올랐다. 그녀는 가끔 부부 싸움을 하면 유리그릇을 베란다로 가져가 죄다 깨 버린다고 했다. 그러면 스트레스가 풀린다고 권하기까지 해서, 그때 미정은 그녀를 이상한 여자라고 생각했었다. 선천적인 성격장애나 심각한 트라우마를 앓고 있음이 틀림없을 거라고 말이다. 미정은 그 순간 뭐라도 해야 했다. 선반에 진열된 컵을 두 개 꺼내 뒤 베란다로 가 하나씩 패대기쳤다. 와장창! 파편이 튀어 오르더니 우수수 쏟아져 내렸다. 처음에는 놀랐지만 어쩐지 답답하던 속이 후련한 것 같기도 했다. 내친김에 나머지 컵들도 모조리 다 깨트렸다. 더 이상 깰 컵이 없자 미정은 그제야 바닥에 주저앉아 소리 내어 울었다. 한동안 그러고 나니 박 선생 말대로 스트레스가 풀리는 것 같았다. 유리 파편을 치우는 일은 생각보다 번거로웠다. 신문지로 둘둘 말아 공기를 넣은 비닐에 깨진 유리를 죄다 담아 단단히 묶어서 종량제 봉투에 넣었다. 쓰레기를 버리고서 동 앞에 서성대다 고개를 들어 9층을 올려다봤다. 서재에서 불빛이 새어 나왔다. 불빛은 다른 층들에서 비추는 것처럼 평온해 보였다. 그제야 깨 버린 컵이 아깝다는 생각이 들었다. 남편이 해외 출장 때마다 특이한 컵들을 사다 준 거였다. 엄마! 미정은 그 소리가 제 입에서 나온 소리인 줄 알았다. 돌아보니 무거운 책가방을 등에 진 아들이 저쪽에서 걸어오며 미정을 부르는 소리였다. 미정은 아들의 가방을 받아 들고서 함께 집으로 들어갔다. 현관문을 열자 쾌쾌한 감자 썩은 냄새가 났다. 이러다가 내가 미치는 건 아닐까? 더럭 겁이 난 미정은 다음 날부터는 아들과 함께 아침 일찍 집을 나섰다가 밤에 아들과 함께 집으로 들어갔다.

부엌으로 가 싱크대 위 선반을 확인했다. 컵이 하나도 남아 있지 않았다. 아내는 예쁜 컵들을 모으는 취미가 있었다. 내가 출장에서 돌아오면 컵부터 챙기던 아내였다. 아내는 그것들을 하나도 남기지 않고 다 깨 버린 것이다. 침대에 누웠는데 잠이 오지 않았다. 감았던 눈을 뜨면 십 분이 지나 있었고 또다시 눈을 뜨면 삼십 분이었다. 두 시간 정도 지나 나는 캐리어를 끌고 집을 나왔다. 지하 주차장으로 가 차 트렁크에 캐리어를 보관하고서 택시를 타고 회사로 갔다.

새벽에 사무실 의자에 혼자 우두커니 앉아서 그동안 무심코 흘려 버렸던 아내의 툴툴거림을 떠올렸다.

"낮에 동사무소에 갔는데 담당자가 날 이상하게 쳐다봐. 그런 눈빛 있지. 은근히 멸시하거나 대놓고 무시하는 거."

"다들 친절하겠지."

"아니라니까? 자기가 안 봐서 그래."

반복되는 아내의 짜증에 할 말이 없어진 나는 건성으로 대꾸했다. 처음부터 아내가 그런 건 아니었다.

성호의 자활을 꿈꾸던 아내는 성호를 위해 동사무소로 찾아가 기초 수급자 조건을 알아보았고 복잡한 서류 절차를 밟아 복지 혜택도 받게 했다. 새벽에 나갔다가 밤중에 퇴근하던 날이 대부분이었던 나는 지치고 힘들어서, 혹은 딱히 할 말이 없어서 아내의 고충을 모른 척했다. 어느 순간부터 아내는 점차 웃음을 잃어 갔다. 변명하자면 내게도 사정이 있었다. 남들은 굴지의 회사 연구원이라며 부러워했으나 정작 나는 날마다 죽을 지경이었다. 일 년에 두 번 신모델 출시가 정해져 있었다. 프로젝트가 끝나면 연이어 다른 제품을 준비했다. 그러느라 툭하면 야근이 잦았다. 무에서 유를 창조하는 고달픔을 아내는 이해하지 못했다.

"신제품도 완전히 달라지는 건 아니잖아. 있는 거에서 좀 더 달라지는 거 아냐? 남들은 당신을 얼마나 부러워하는데."

공황장애 진단을 받고 휴직을 고민했을 때 아내는 내게 그렇게 말했다.

이틀 동안 제대로 씻지를 못해 몸에서 냄새가 나는 것 같았다. 회사에서 누군가 내게 다가오면 내게서 불쾌한 냄새가 나는 건 아닌가 싶어 나도 모르게 의자를 밀치거나 몸을 살짝 뒤로 빼곤 했다. 예전에는 간혹 좋지 않은 냄새가 맡아져도 무심코 지나쳤다. 음식 냄새를 없앤다는 광고를 보면서 유난스럽다고 생각했던 때도 있었다. 나는 이게 다 성호 때문이라는 생각이 들었다. 성호의 냄새가 집 안을 점령하기 전의 일상이 그리웠다. 아내가 깎아 놓은 사과나 상큼한 메론, 직접 오븐에 구운 쿠키, 갓 지은 밥과 시래기 된장국. 함께 모여 식사를 한 게 언제인지 기억이 아득했다. 사흘째 되던 밤에 나는 이제 막 출장에서 돌아온 것처럼 집에 들어갔다. 거실 한가운데 캐리어를 꺼내 놓고 빨래할 옷들을 세탁기에 넣어 타이머를 예약했다. 그러는 동안 아내도 성호도 나와 보지 않았지만 나는 신경 쓰지 않았다. 나머지 것들은 일부러 벌려 놓고 아들 방으로 가 조용히 잠을 잤다. 자는 동안 밥 냄새가 났다. 일어나 된장국에 밥 먹는 꿈을 꿨다.

*

열이 내리자 냉장고에서 생수를 꺼내 마셨다. 선반을 열자 햇반 묶음과 조미김이 보였다. 햇반을 데워 김치와 김을 꺼내 놓고 간단히 밥을 먹었다. 다 먹고 물을 마시던 순간에 퍼뜩 바다가 생각났다. 분명 성호와 함께 있었다. 내가 운전을 했고 성호는 조수석에 앉아 꾸벅꾸벅 졸고 있었다. 에어컨을 틀었어도 이마에서 땀이 쏟아져 내렸다. 연신 손등으로 눈가를 쓸어내렸지만 소용이 없었다. 문을 열자니 바깥의 열기가 너무 뜨거워서 문을 닫았다. 그러자 이번에는 냄새 때문에 질식할 것 같았다. 국도를 달리던 나는 휴게소가 보이자 그곳으로 핸들을 돌렸다. 주차장 초입에 수리재 휴게소 입간판이 세워져 있었다. 문득 꿈이라면 이렇게 선명할 리가 없다는 생각이 들었다. 그 순간 다음 장면들이 순차적으로 떠올랐다.

편의점에서 차디찬 생수를 사서 한꺼번에 들이켰다. 그제야 살 것 같았다. 성호에게 물을 주려고 차에 가 보니 성호가 보이지 않았다. 성호는 차에서 조금 떨어진 나무 아래서 시든 풀처럼 고개를 아래로 떨구고 서 있었다. 나는 다시 편의점으로 가 소주 한 병을 사다가 뚜껑을 따 성호에게 내밀었다. 마셔. 잠시 주춤하던 성호가 병을 받아 들더니 한 모금 마셨다. 그러더니 긴 숨을 내쉬며 그제야 벤치에 앉아 옆에 술병을 내려놓고서 담배를 피워 물었다.

"화장실에 가야지."

"땀으로 빠져나가서 괜찮아. 여기서 기다릴게."

성호가 아이처럼 고개를 좌우로 흔들었다. 내가 화장실로 향하자 성호가 뒤에서 뭐라고 말했다. 뭐라고? 버리지만 말라고. 성호가 말했다. 농을 하는 걸 보니 픽 웃음이 나왔다. 오줌을 누며 나는 성호의 말을 자꾸 되뇌었다. 세면대에서 손을 씻다가 어디선가 불어온 찝찔한 바다 냄새를 맡았다. 고개를 들어 보니 쪽창 너머로 바다가 보였다.

건물 뒤편으로 가파른 언덕이 있었다. 그곳으로 누군가 내려간 흔적이 길처럼 남아 있었다. 나는 언덕을 미끄러지듯 내려가 자갈길을 빠르게 걸어갔다. 해변에 이르자 숨이 턱에 찼다. 옷을 입은 채로 물속으로 뛰어들었다. 몸에 열기가 가시자 살 것 같았다. 한동안 수영을 하다가 피로가 몰려와 몸을 뒤집어 바다에 누웠다. 태양 빛이 정오에 떠 있어서 눈을 뜰 수가 없었다. 눈을 감고 유영하다가 까무룩 잠이 들었다. 어느 순간 귓가를 간질이는 찰방거리는 물결에 퍼뜩 성호가 생각났다.

성호는 그곳에 없었다. 휴게소 죄다 뒤졌으나 어디에도 보이지 않았다. 혼자서 집으로 갔을지도 모른다는 생각에 나는 서둘러 집으로 돌아왔다.

아내가 전화를 걸어와 곧 비행기에 탑승할 거라고 했다.

나는 대청소를 시작했다. 창문을 열어 놓고 종량제 봉투를 가져다가 쓸모없는 것들을 죄다 쓸어 담았다. 냄비받침으로 쓰인 『이방인』도 집어넣고 다용도실로 가 빨래 바구니에 있던 소금기가 하얗게 핀 옷가지도 봉투에 넣었다. 그것들을 다 담아도 백 리터짜리 종량제 봉투가 헐렁했다.

밖으로 나간 나는 쓰레기를 버리고 나서 단지를 빙 둘러 조성된 산책길을 살폈다. 그곳 어디선가 성호가 담배를 피우고 있을 것만 같았다. 어디에도 성호의 모습은 보이지 않았다. 언젠가는 돌아오겠지. 집을 나갔다가도 다시 돌아왔던 성호를 생각하며 나는 공동 현관문 앞에 섰다. 비번을 입력하던 순간이었다. 유리창 너머로 우편함에 앞에 선 낯선 여자가 보였다. 그녀는 902호, 그러니까 나의 우편함에 뭔가를 끼워 넣고 있었다. 이어 몸을 돌려 성큼성큼 다가선 그녀는 공동 현관문이 열리자 나를 스치듯 지나쳐 갔다.

우편함에 꽂힌 누런 서류 봉투에는 수성 펜으로 성호의 이름이 커다랗게 적혀 있었다. 그것을 꺼내 든 나는 집에 들어서자마자 내용물을 살폈다. 이십 리터 한 개와 십 리터 종량제 봉투 두 장이 들어 있었다. 그것을 싱크대 서랍에 넣고서 핸드폰으로 미니 앱을 열어 정오의 희망곡을 켰다.

내 의지에 날개가 돋아서

저 위에 비상구라도 찾을 수 있기를

이승환의 목소리가 흘러나왔다. 나는 청소기를 돌리며 노래를 따라 불렀다. No way, No way, 난 길을 잃고. 후렴구를 따라 부르던 나는 어느 순간 청소기 손잡이를 떨어뜨리고 바닥에 주저앉았다. 전조 증상이었다. 근육이 경직되었고 호흡이 곤란했다. 발끝부터 한기가 시작되었고 점차 근육이 굳어 갔다. 괜찮아, 괜찮을 거야. 나는 천천히 숨을 내쉬며 두려움이 가시기를 기다렸다. 하지만 나의 의지와 반대로 점차 주변의 사물과 소음들이 사라졌다. 더 이상 기계음도 들리지 않았다. 청소기가 계속해서 윙윙거렸다. No way, No way, 난 길을 잃고. 후렴구가 무한 반복되었다.

*

멀리 한낮의 바다가 보였다.

남자가 바다를 향해 달리기 시작했다. 비탈길을 미끄러져 내려가 울퉁불퉁한 자갈길을 비척대며 달려간 남자는 옷을 훌훌 벗어 던지고 알몸으로 물속에 뛰어들었다. 태양의 열기에 익을 것 같던 몸이 식자 그는 어린 시절처럼 힘차게 팔다리를 저어 수평선을 향해 나아갔다.

아무리 다가가도 수평선은 저만치 멀어져서 닿을 수가 없었다. 얼마쯤 나아갔을 때 지친 남자는 잠시 수영을 멈추고 뒤를 돌아보았다. 멀리 지평선이 가물거렸다. 그는 바다에 한가운데서 쉬고 싶었다. 온몸에 힘을 빼고 누워 물결을 타다가 문득 하늘을 바라보았다. 바늘 끝처럼 날카로운 태양 빛이 그의 눈을 찔러 댔다. 눈을 감자 이번에는 바로 위에서 빛이 눈두덩을 찔러 댔다. 통증 때문에 더 이상 참기 힘들었던 남자는 한순간 결심한 듯 태양을 향해 눈을 부릅떴다. 그때였다. 태양의 흑점이 휘청하더니 순식간에 바다로 떨어졌다. 어둠이 바다를 뒤덮었다. 남자는 어둠 속에서 바람의 노래를 들으며 잠이 들었다.

| 해설 |

나는 모른다

조형래_ 문학비평가

1. 지금 그 사람들은 다 어디로 사라졌을까

만화가 강풀은 웹툰 『바보』(2004~2005)의 모티프와 관련하여 여러 차례 다음과 같이 말한 적이 있다.

- 『바보』는 풍납동 동네 바보를 모델로 했다고 예전부터 밝혀 왔어요.
"아, 실존 인물은 아니고요. 거기서 봤던 동네 바보 형을 생각했던 거예요. 지금도 동네마다 대표 바보가 있을 거예요. 예전과 많이 달라진 것이 바보들이 많이 사라지는 거 같아요. 좋게 말하면 사회에서 잘 수용을 하는 거지만. 그런데 이제는 가둬 놓는 것이 아닌가 하는 생각이 들 때가 있어요. 바보들이 갇혀 있고 어울리지 못하는 건 아닌가."[1)]

동네에 하나쯤 있었던 '바보'는 이제 좀처럼 찾아볼 수 없게 되었다. '수용' 또는 '가둬 놓는 것'에 의해서 사라졌다는 것이다. 이것은 그들이 어떤 강제력에 의해 동네 같은 공공의 장소 나아가 현실로부터 축출되었다는 것을 의미한다.

정작 『바보』의 승룡이는 여전히 동네를 서성거리는 바보로 그려져 있다. 이 점에서 앞서 이야기한 것이 반박에 직면하게 될지도 모르겠다. 실제로 그는 동생 지인이 다니는 학교 근처에서 붕어빵 장사를 한다. 상수나 지호 등 유년 시절의 친구 그리고 동네 이웃들과 친밀한 일상을 공유하고 있기도 하다. 하지만 엄밀히 말해 그는 과도하게 착해서 바보로 보일 뿐인 캐릭터다. 누구에게도 민폐를 끼치지 않고 유일한 혈육과 친구의 목숨을 구하기 위해 어떤 선택을 해야 할지 정확히 알고 행동한다. 심지어 그 결과로 죽음조차 기꺼이 감수하는 그를 바보라 일컫는 것은 그야말로 반어적이다. 더욱이 백번 양보해서 승룡이를 바보로 간주할 수 있다고 해도 대단원에서 그는 죽음을 맞이하는 것으로 부재하게 된다. 그리고 이것은 그의 주변인들 그리고 독자들에게 있어서 일상의 차원에서는 범접하기 어려운 자기희생의 미덕 및 그것이 결코 자기 것이 될 수 없다는 데서 기인한 죄책감을 그의 부재를 통해서만 결정적으로 실감하도록 하는 또 다른 아이러니를 가져오는 것이다. 그러므로 승룡이는 현실에는 좀처럼 있을 수 없는, '순정만화'라는 판타지의 주인공일 수밖에 없는 것이다. 그는 우리 일

---

1) 하성태, 「너무 착한 바보들, 어디로 사라졌을까요-인터뷰 영화 〈바보〉 개봉 앞둔 원작 만화가 강풀」, 〈오마이뉴스〉, 2008. 02. 20. http://star.ohmynews.com/NWS_Web/OhmyStar/at_pg.aspx?CNTN_CD=A0000839130 강조는 인용자.

상에서의 '바보'의 부재를 역설적으로 그러나 결정적으로 드러내고 있는 캐릭터라고 해도 무방하다.

비단 동네 바보만 찾아볼 수 없게 된 것이 아니다. 장애인, 거지, 행려병자나 노숙자 등 과거에 거리를 서성거리던 소위 미약자나 이상자(異常者)로 지목, 분류되는 이들 또한 언제부턴가 자취를 감췄다. 그들은 이제 특정 장소에만 몰려 있거나 정신병원, 쉼터, 수용소 등에 격리되어 있다고 여겨진다. 그리고 그러한 '수용'과 '격리'에 의해 풍납동 같은 동네 즉 도시의 안전하고도 쾌적한 생활이 확보되고 또한 유지되는 것이라고 해도 좋다. 『바보』의 승룡이가 담보하고 있는 부재의 아이러니와는 조금 다른 차원에서, 이것은 이들을 "벌거벗은 생명(bare life)"으로 간주, 축출함으로써 우리 자신의 주변과 일상의 안정적인 관리를 가능케 하는 후기자본주의 시대 생명정치의 단적인 사례라고 해도 크게 틀리지 않다.[2] 이 점에서 만화가 강풀은 저 인터뷰를 통해 부지불식간 풍납동-서울 나아가 한국의 생명정치의 실상을 간파하여 말하고 있는 것일지도 모른다.

그런데 그들은 정말 어딘가에 수용되어 격리되어 있는 것일까. 그렇다면 지금 그 사람들은 다 어디로 사라졌을까. 2017년까지 40여 년간 서울에서만 살았던 나는 서울역을 배회하거나 2호선 을지로입구역에서 잠을 청하는 일부 노숙자들을 제외하면, 그들 대부분이 어떤 시절에 안전하게 수용되거나 쪽방이나 고시원이 밀집해 있는 특정 구역에 격리되어 있는 것이 아닐까, 라고 아주 가끔씩 생각했다. 강풀의

---

2) 조르조 아감벤, 『호모 사케르』, 박진우 역, 새물결, 2008 ; 미셸 푸코, 『안전·영토·인구』, 오트르망 역, 난장, 2011.

언급대로 동네 바보라든가 하반신에 고무 튜브를 대고 번화가를 기어 다니며 구걸하던 장애인들, 지하철의 행상이나 맹인 거지, 자기 사연을 적은 쪽지를 돌리며 도움을 구하던 소년이나 청년들, 백주대낮에 거리를 배회하던 취객이나 쇠약한 노인, 정신 장애인들을 언젠가부터 좀처럼 찾아보기 어려워졌기 때문이다. 이따금씩 텔레비전이나 유튜브의 다큐멘터리 즉 미디어의 중계라는 거리와 격절의 형식을 통해서 그들의 모습을 구경하게 되는 경우가 일반적이었으므로 더욱 그랬다.

하지만 그것은 '서울 촌놈'의 지레짐작에 지나지 않았다. 대구를 거쳐 최근에 광주로 거주지를 옮기게 되면서 두 광역시의 구도심을 여전히 서성거리는 그들을 여러 차례 목격하게 되었다. 단지 서울의, 수도권의, 신도시의 고도로 도시화된 일부 지역에서만 보이지 않게 된 것일 뿐이었다. 나 자신의 경험이 거기에 제한되어 있었던 것에 불과했다. 그러면서 그 사람들이 사라진 것이 아니고, 노숙자들이 술판을 벌이거나 잠들어 있는 심야나 새벽의 역사(驛舍) 또한 예외이기는커녕 우리가 속해 있는 세계의 상시적인 모습이며, 단지 나 자신이 외면하고 싶었고 또한 외면하고 있는 엄연한 현실임을 이제 막 새삼스럽게 자각하고 있었던 참이었다. 그러던 와중에…….

2. 포기할 것인가 말 것인가

강애영의 『우리의 민아』를 읽게 되었다. 이 소설집에 수록되어 있는 단편들 중 상당수는 '그들'이 결코 사라지지 않았다는 사실을 이제 막 자각하기 시작한 '서울 촌놈'의 제한된 경험을 넘어서 있었다는 점에서 특별했다. 무엇보다도 술에만 탐닉하면서 거리를 헤매다가 아무 데서나 잠들며 기껏 구해 준 집을 쓰레기장으로 만들어 잘 들어가지도 않는 등 삶의 의욕을 잃고 스스로를 완전히 방기해버린 동기(同氣)의 의식주를 챙기고 감당해야 하는 생활에 관한 세 편의 단편소설이 특히 그러했다. 화자들에게 있어서 승룡이 같은 순정만화의 '바보'를 보면서 죄책감에 사로잡힌다거나 수용과 격리에 의한 사라짐의 여부를 생각하는 것조차 사치다. 그렇기는커녕 (거리를 둔) 익명의 '그들'이라는 지칭 자체가 무색할 정도로 가족/혈육으로서 이미 근접, 밀착해 있을 수밖에 없는 데서 비롯된 애증과 환멸의 세계 속에 있다.

「너는 모른다」는 알코올성 치매를 앓는 동생 두식을 건사하러 애쓰는 누나 영화의 이야기다. 오 년 전 동거녀에게 쫓겨나 석촌 호수에서 사실상 노숙하고 있었던 두식을 데려온 영화는 공공임대 주택이나 시영아파트를 얻어 주고 가재도구와 생필품을 채워 주며 그 과정에서 온갖 구차하고 번잡스런 잡일을 처리하는 유형무형의 수고를 감수한다. 넉넉지 못한 살림에도 불구하고 이미 작고한 어머니를 대신하여 나름대로 동생의 갱생을 위한 뒤치다꺼리에 분주했던 것이다. 그 과정에서 부득불 남편에게 부담을 지우고 자식에 대해 소홀하게 된 것은 물론이다.

하지만 그것은 헛수고다. 두식은 그저 술을 마시고 담배를 피우며 거리를 돌아다니기만 할 뿐이다. 기껏 얻어 준 거처로 돌아오는 길을 찾지 못하고 노숙하며 집과 살림살이를 엉망으로 만들기 일쑤다. 다시 힘들여 구해 준 새 거처와 생필품은 친절을 가장한 수상쩍은 이웃

옆집 남자에 의해 일일이 갈취되고 있는 것임에 틀림없다. 두식은 아무한테나 친절한데 정작 스스로의 삶을 어떻게든 추스르기 위해 궁핍한 생활의 세세한 세목을 챙기는 누나의 번거로움에 대해서만큼 감사하기는커녕, 모른다는 태도로 일관한다. 그래서 이 소설의 제목이 바로 "너는 모른다"일 터다. 그 모르는 너, 두식에 대해 영화 또한 결국 "나도 모른다"의 선택을 하지 않을 수 없다. 수상한 옆집 남자가 두식에게 무슨 짓을 할지 알 수 없는 부시불식간의 찰나 자동차의 액셀을 밟아 두 사람을 시야에서 지워 버리고 집으로 돌아오는 것이다.

그러나 이것은 일시적인 해결에 지나지 않는다. 외면해 버릴 기회는 진작부터 여러 번 있었다. 그렇게 할 수 없었기 때문에 온갖 부담에도 불구하고 집을 얻어 주고 세간과 물품을 채워 주는 일을 반복하고 있었던 것이다. 무엇보다도, 삶은 "그렇게 딱, 날짜별로 끊어서 청구되는 게 아니"(32쪽)기 때문이다. 갱생의 기미조차 보이지 않는 동생의 삶을 건사하는 일은 결코 "그렇게 딱, 날짜별로 끊어"지지 않을 것이다. 상담원과의 통화에서 이 치명적인 문장에 직면해 버린 영화는 어떤 임계점에 다다르며 그것은 결말에서의 외면으로 이어지는 것이지만, 두식이 죽거나 사라지지 않는 한 이 지난하기 짝이 없는 뒤치다꺼리가 끝나지 않을 것임을 알고 있다. 그래서 다른 두 단편의 이야기가 가능해지는 것일 터. 그렇다면 「한낮의 바다」는 어떤가.

이번에는 남편의 시점이다. 그리고 어린 시절 익사의 위기에서 목숨을 구해 준 적이 있는 형 성호에 대한 이야기다. 알코올성 치매에 세금체납자가 된 성호를 집에 거두고 있는 것이다. 그는 폐쇄공포증 환자처럼 하루 종일 바깥을 쏘다니다가 저녁에야 돌아와 방에 틀어박히는 일과를 반복하는데 제대로 씻거나 방을 치우지 않아 온 집안을 악취로 가득 채운다.

성호로 인한 가족의 불편과 피해는 이루 말할 수 없을 정도다. 초기에 그를 둘러싼 일처리를 도맡았던 아내 미정은 진작 나가떨어졌고 종국에는 아끼던 컵들을 깨 버리는 히스테리성 발작을 일으킨다. '나' 역시 공황장애가 재발했고 이웃들 또한 수군거린다. 아내(와 아들)의 인내심은 한계에 도달해 집을 비우고 캐나다로 여행을 떠나 있다. 그러므로 서두에 펼쳐지는 성호를 "죽여야 한다"는 꿈은 단지 대수롭지 않은 망상에 그치는 것이 아니다. 뿐만 아니라 형 순철의 죽음으로 생활의 안정을 찾은 인철을 떠올리게 되는 것도 그저 공교로운 우연은 아닐 터다.

성호를 어찌할 것인가. 포기할 것인가 말 것인가. 결국 '나'는 성호와 함께 고향을 다니러가는 길에 들른 휴게소에서 그가 사라졌다는 것을 빌미로 그를 버리고 오는 것을 선택한다. 성호가 사라진 집에 이제 아내와 아들이 돌아올 것이고 '나'는 대청소를 시작하는 등 '비상구'를 찾은 듯했지만 그곳엔 '길이 없다(no way)'. 그 대신 공황장애의 전조 증상과 함께 어린 시절 죽을 뻔했던 한낮의 바다가 악몽처럼 회귀할 따름이다. 태양의 흑점이 떨어져 어둠으로 뒤덮인, 그 수면(水面)에서의 죽음과도 같은 잠[睡眠]은 유년 시절 성호의 구조가 없었더라면 진작 떨어져 버렸을 (잠재적인) 세계 자체다. 그리고 이것은 마치 뜨거운 태양빛에 아랍인을 살해해 버린 뫼르소의 역상(逆狀)처럼 '내'가 '남자' 즉 스스로를 죽인 자살에 대응하는 어떤 윤리적 파국이 선고되는 결정적 장면이라고 할 수 있다.

3. 욕망 또는 윤리

마그리트의 그림 「빛의 제국」을 연상시키는 그 초현실적인 악몽은 단지 일시적인 환상에 그치는 것이 아니다. 표제작 「우리의 민아」를 보면 더욱 확실해진다. 이 소설의 판이가 두식과 성호의 다른 이름이라는 것은 말할 필요도 없다. 그가 중국 교포와의 결혼에 실패하고 외국에서의 고된 노동으로 몸이 망가졌으며 무엇보다도 딸을 잃어버린 후 치매를 앓아 폐인처럼 되어 버렸다는 것도, 그를 거두어 돌봐온 동기인 화자가 있다는 것도 동일하다. 그런데 그는 "지금 부재중이다."(87쪽) '나'의 회고 속에서만 재현되고 있는 것이다. 아울러 지금 그를 찾아 KTX를 타고 서울에서 내려오고 있는 딸 민아가 있다는 사실이 결정적으로 다르다. 문제는 "내"가 이미 「너는 모른다」와 「한낮의 바다」 두 소설 모두의 지난한 과정을 이미 반복하여 거쳤다는 점이다. 즉 판이를 데리고 있다가 분가시켰고 '나'의 수고에 대해 전혀 '모르는 너'를 차에 태워 이미 고향 바다에 간 적이 있었다는 것.

이제와 생각해 보면 그때, 줄을 끊었어야 했다. 포기할 것과 포기하지 말아야 할 것의 임계점을 나도 판이도 알지 못했다. 그날 판이가 건져 올린 것은 쓰레기 더미였다. 낚싯줄과 밧줄이 얽힌 더미 사이에 미역과 다시마가 뿌리를 내리고 자라 있었지만 쓰레기가 분명했다. 판이는 쓰레기 더미를 멍하니 바라보더니 라이터를 켰다. 비바람에 불이 붙지 않자 반대 방향으로 돌려 점퍼를 세워 라이터를 켰다. 불꽃이 켜졌다 꺼졌고 바닥에 쓰레기더미가 툭 떨어졌고 이내 판이는 담배를 피워 물었다. 그때였다. 돌풍이 몰아치 더니 내가 들고 있던 우산을 훌러덩 날려 버렸다. 바닥에 있던 비닐봉지며 갯지렁이가 든 종이 상자도 삽시간에 비바람에 휩쓸려 어디론가 사라졌다. 파도가 옹벽 위까지 올라와 잡히는 것들을 휩쓸기 시작했다. 멀리 난바다에서 산처럼 일어선 파도가 화흥포항을 향해 거침없이 밀려오고 있었다. 가자! 나는 판이를 향해 소리치고 뒤돌아섰다. 비바람이 정면에서 불어와 눈을 뜨기가 어려웠다. 나는 바람막이 트렌치코트를 머리까지 둘러쓰고 허리를 굽힌 채로 주차장 쪽으로 내달렸다.

— 102~103쪽

줄을 언제 끊었어야 했을까. 과연 그 찰나의 순간을 확실히 포착할 수는 있는 것인가. 고작 (아내와 딸을 위해 의미 있는 결과를 맺고자 했던 판이의 모든 시도가 결국 무위로 돌아갔던 인생유전을 유비한 것일 터) 쓰레기 더미밖에 낚아 올리지 못하는 혈육의 실패를 '나' 또한 언제까지 포기하지 말아야 하는가. 남매의 삶에 관한 이중삼중의 은유로 읽히는 이 결정적인 대목은 여러모로 아슬아슬하지만 동시에 애매모호하다. 하지만 나는 그 이후에 대해 '내'가 파도에 휩쓸릴지도 모를 판이를 옹벽 위에 내버려 둔 채 혼자 차를 타고 돌아왔다는 쪽에 걸겠다. (이것이 소설집 『우리의 민아』 전체를 가장 의미 있고도 흥미롭게 읽는 방식이라는 사실을 믿어 의심치 않는다.) "포기할 것과 포기하지 말아야 할 것의 임계점"에 직면하여 전자를 선택해 버린 순간이지 않을까. 판이처럼 결국 쓰레기 더미를 건지는 실패를 답습하지 않기 위해서라면 이제 줄을 끊어야 할 타이밍이라는 것을 포착해 버린 것이다. 그러므로 주차장에서 성호가 없어졌다는 사태를 빌미로 삼았던 「한낮의 바다」와 마찬가지로 판이에게 가자고 소리쳤을 뿐 굳이 챙겨 데려오지 않은 것일 터다. 바로 그렇기 때문에 판이는 지금 여기에 계속해서 부재한 것으로 그려지고 있는 것이지 않을까.

하지만 「한낮의 바다」에서처럼 죽음과도 같은 잠, 악몽이나 죄악감에만 빠져 있을 수 없다. 왜냐하면 민아가 오고 있기 때문이다. 도착하면 아버지 판이의 행방을 추궁할 것임에 틀림없기 때문이다. 「너는 모른다」와 「한낮의 바다」와 달리 반드시 응답하지 않을 수 없는, 불가피한 질문이 '나'에게 주어질 예정이다. 실제로 '나'는 이야기 내내 민아가 오고 있다는 사실 그리고 도착 후 판이의 부재에 대해 어떻게 설명해야 할까라는 문제를 강박적으로 의식하고 있다. 이것은 십이 년 만에 해후하는 조카에 대한 호기심이나 반가움 따위를 압도한다. 그래서 '나'는 판이가 으레 그랬듯이 한동안 외출한 것뿐이며 곧 돌아올 것이라고 마치 일종의 자기 암시를 거는 듯이 되뇌고 있을 수밖에 없는 것이다. 그렇게 하지 않는다면, 즉 스스로 믿지 않는다면 '나'는 이제껏 애써 외면했고 따라서 잊어버리고 있어도 되었던 치명적인 사실에 직면해야만 한다. 바로 판이가 부재한 것이 아니라 실종된 것이며 그것이 바로 '나'의 욕망에서 비롯되었다는 사실에 대해서 말이다. 그러므로 앞으로 도래할 결정적인 파국은 이제 '내'가 몽상하는 죄의식에만 국한되는 것이 아니게 되었다. '나'는 포기할 것인가 말 것인가에 대한 스스로의 욕망을 시인할 텐가 아니면 자기 암시에 의한 기만을 계속해서 유지할 것인가. 민아가 도착하면 대답해야 한다. 절대로 회피할 수 없는, 돌이킬 수 없는 선택의 순간이 오고 있다.

4. 나는 모른다

누구나 수긍할 만한 좋은 해답을 내놓는다고 해서 좋은 소설이 되는 것은 아니다. 알다시피 좋은 소설은 일반적으로 (특정한 역사적 사회적 맥락과 관련하여) 삶과 세계에 대한 지극히 구체적이면서도 의미 있는 '문제설정'(problématique)[3]을 제시해 왔다. 그리고 그것은 대체로 쉽게 답변될 수 있는 성질의 것이 아니다. 대체로 우리가 의존하고 있는 기존의 (자명한 것처럼 보이는) 인식론적 틀이나 담론의 구조에 좀처럼 포섭되지 않기 때문이다. 그렇기는커녕 그것에 의해 구획된 인식과 사유와 실천의 경계들을 교란하며 심지어 넘어서기 일쑤다. 그 운동은 언제나 '바깥'을 지향하며 또한 '바깥'과 관계[4]한다고 보아도 좋다. 따라서 기존의 어떤 체계에 입각한 명석판명하고 보편적인 해답이나 대안이 도출될 리 없다. 전혀 논란의 여지가 없는 지당한 도덕적 명제 같은 것도 마찬가지다. 그 대신 부단히 인식하고 사유하며 실천하지 않으면 안 되는 문제의 역동적인 난국 내지는 핵심으로 우리를 인도할 따름이다.

그러므로 좋은 소설은 문제를 간단치 않은 것으로 만든다. 또한 우

---

[3] 루이 알뛰세, 『마르크스를 위하여』, 고길환·이화숙 역, 백의, 1990, 35쪽.
[4] 모리스 블랑쇼, 「카프카와 작품에의 요구」, 『카프카에서 카프카로』, 이달승 역, 그린비, 2013, 137쪽.

리에게 언제나 위협적인 질문을 제기한다. 오히려 우리가 명쾌하게 동의하거나 쉽게 공감할 수 있는 확실한 진실, 명확한 실체나 대상을 제시하는 소설이나 텍스트(또는 그렇게 읽고자 하는 독서)가 수상쩍은 것이다. 예컨대 소설은 아니지만 앞서 언급한 바 있었던 『바보』는 한국 만화–웹툰 역사상 여러모로 기념비적인 텍스트임에 틀림없다. 그러나 적어도 문제설정에 관한 한 다소 비판할 여지가 있다. 『바보』의 대단원에서 '바보' 승룡이의 죽음은 그의 타고난 선함이 불운과 맞닥뜨려 초래된 비극이다. 원래 그러한 본성과 (청부업자들이 승룡이를 상수로 오인하게 되는) 공교로운 우연이 함께 작용한 결과인 것이다. 거기에 주변 등장인물이나 독자가 개입할 여지는 별로 없다. 대신 승룡이의 희생을 거울삼아 죄의식에 사로잡혀 있는 것으로 충분한 것이다. 승룡이는 가족과 친구를 위해 헌신하다 못해 목숨을 내놓았고 남겨진 사람들은 통렬하게 슬퍼하고 지극히 안타까워한다. 죽은 자와 산 자, 더없이 착해서 스스로를 희생한 바보와 보통 사람 간 경계는 더없이 명확하다. '순정만화 시즌 2'를 자처한 것에서 단적으로 드러나듯이 이것은 멜로드라마적 세계다. 여기에 어떤 질문이나 논란이 개입할 여지 또한 별로 없다.[5]

반면 소설의 역사는 결코 짧지 않다. 그만큼 다양한 문제 설정을

---

5) 하지만 한국 만화–웹툰이 본격적으로 활성화된 지 얼마 되지 않았다. 그 초기에 『바보』(를 포함한 강풀의 만화)가 이룩한 성취가 실로 적지 않다는 사실을 염두에 둘 때 상기한 비판은 얼마간 과도하며 또한 부당한 것이다. 단지 예시로서 거론한 것이다. 멜로드라마는 멜로드라마대로의 의미 및 역사적 사회적 기능과 역할을 담당해 왔다. 뿐만 아니라 한국 만화–웹툰은 강풀 이후에도 그야말로 괄목할 만한 발전을 이룩해 왔으며 오늘날의 시점에서 '문제설정'과 관련하여 논의할 만한 문제작이 이미 쏟아져 나와 있는 상태다.

감당 또는 갱신해 왔던 것이 사실이었다.[6] 그것은 역사적으로 우리 자신을 자명하다고 여기는 일상적인 세계 바깥으로 거듭 추방해왔으며 따라서 어떤 경계에 서지 않을 수 없도록 하는 질문들을 부단히 제기해 왔다.「우리의 민아」3부작이 의미 있게 읽히는 부분 또한 그렇다. 폐인으로 전락한 동기가 "내" 삶의 한복판으로 끼어들어와 기약 없는 수습과 헌신의 대상이 되어 버린 사태를 대체 언제, 어디까지 감수해야 하는가, 그렇다면 과연 혈육은 포기될 수 있는 것인가에 관한 외면-유기-악몽-(자기)추궁의 수순을 경유하는 실로 간단치 않은 문제를 제기한다. 더 나아가「우리의 민아」의 대단원은 그와 같은 상황에서 프로이트적 의미의 쾌락원칙, 욕망의 경제학에 입각하여 한쪽을 선택했을 때 주어진 윤리적 아포리아라는 후과를 온전히 감당할 수 있는가에 관한 근본적인 질문에 직면하도록 한다. '나'는 '내'가 무슨 짓을 저질렀는지 과연 알고 있는가. 그리고 그것을 시인할 것인가 말 것인가. 무엇보다도 이것에 답하지 않으면 안 되는 불가피한 사태는

---

[6] 소설이라는 형식이 지금으로부터 백여 년 전의 카프카 이래 그러한 문제설정을 감당해온 장르라는 사실에 대해서는 모리스 블랑쇼의 다음과 같은 문장을 음미해 보는 것으로 충분할 것이다. "예술의 목표는 몽상도 '건설'도 아니다. 그렇다고 진실을 묘사하는 것도 아니다. 지상의 구원은 성취되는 것이지 질문하고 그려 보는 것이 아닌 것처럼, 진실은 알려져서도 묘사되어서도 안 되고, 진실 그 자체는 알려지지도 않는다. 이러한 의미에서, 예술은 머물 자리가 없다. 냉엄한 일원론은 모든 우상을 배제한다. 그러나 바로 이러한 의미에서, 일반적으로 예술이 정당화될 수 없다면, 적어도 카프카에 있어서만은 정당화된다. 명백히 카프카가 그러한 것처럼, 예술은, 세계의 '바깥'과 관계하기 때문이다. 예술은, 우리가 우리 자신과도 우리의 죽음과도 아무런 가능한 관계를 가지지 못할 때 불쑥 드러나는, 내면 없고 휴식 없는 바깥의 깊이를 보여 준다. 예술은 '이 불행'의 의식이다. 예술은 자신을 잃어버린 자, 더 이상 나라고 말할 수 없는 자, 그리하여 세계를, 세계의 진리를 잃어버린 자, 횔덜린이 말했듯이 신들이 더 이상 존재하지 않는, 신들이 아직 존재하지 않는 이 비탄의 시간에 속하는 추방된 자들의 상황을 보여 준다." 모리스 블랑쇼, 이달승 역, 위의 글, 136~137쪽. 강조는 원문.

"내"가 형이나 동생을 가족의 이름으로 그토록 힘들고 구차하게 건사해 왔던 나 자신의 삶 그리고 선택의 결과로 일시적으로나마 순탄했던 일상 전체를 완전히 뒤흔들어 버린다. 아직 도착하지 않은 그 질문에 대해 과연 어떻게 답하는 것을 선택할 것인가. 아직 '나'는 모른다.

여기에 그치는 것이 아니다. 「우리의 민아」에서 만약 판이가 평소대로 (그리고 '내'가 애써 그렇게 믿고 싶었던 것처럼) 단지 장기간 부재한 것뿐이라면 과연 어떨까. 알다시피 그렇게도 읽을 수 있다. 그렇다면 「우리의 민아」는 판이를 온전히 보호하지 못한 죄책감을 스스로 심문하는 소설이 될 터다. 그리고 3부작의 다른 작품 특히 「한낮의 바다」 또한 미묘하게 달리 읽히게 된다. 무엇보다도 「한밤중의 민서」나 「김만수와 현아」, 「피트인」의 경우처럼 가족을 둘러싼 헌신과 굴레 사이를 왕복하는 부양자와 피부양자가 부당한 야근과 고된 노동, 주변인의 폭력과 배신 등 외부자의 치명적인 개입에 의해 고통받거나 희생당하는 전말에 대하여 이야기하는 여타의 단편들과도 연동된다. 이렇게 읽는다면 『우리의 민아』는 폐인, 고아, 장애인 등 이 시대의 '벌거벗은 생명'을 가족으로 두고 직접 부대끼며 함께 고통 받으면서 살아가지 않을 수 없는 또 다른 벌거벗은 생명들에 관한 소설집이 된다. 따라서 「우리의 민아」는 사실상 『우리의 민아』 전반을 어떻게 읽을 것인가라는 문제에 있어서 일종의 절합 내지는 경첩처럼 작동하는 텍스트라고 해도 무방하다. 이 점에서 이 소설이 표제작으로 선택된 것은 결코 우연이 아닐 터다.

유감스럽게도 그 사람들의 고통은 내 것이 아니었다. 나는 그들과 그들을 부양하는 가족들과 부대낀 적이 없다. 그러므로 나는 모른다.

서두에서 언급했다시피 이제껏 그 세계를 알지 못했다. 이 무지는 그들에 대한 수용과 격리 즉 추방에서 비롯된 것이다. 이것이 후기자본주의의 생명정치의 특징이라는 것은 푸코와 아감벤이 간파한 진실이다. 나(의 삶) 또한 그러한 시스템으로부터 결코 예외가 될 수 없으며 오히려 그들의 추방에 부지불식간 기여했다. 이제까지의 무지가 바로 그 증거다. 그 대가로 편안한 일상을 영위했다. 하지만 『우리의 민아』는 질문과 고통의 이야기라는 두 가지 차원을 통해 "나는 모른다" 따위의 문장으로 더 이상 무지하거나 외면할 수 없는 문제의 중심으로 나와 같은 독자들을 삽시간에 이끌어 들인다.

그러므로 이제 나를 비롯한 우리 자신이 대답할 차례다. '우리의 민아'가 도착하면 질문에 답하지 않으면 안 된다. 스스로의 욕망 또는 죄를 한사코 모른 척한다는 것은 불가능하다. 절대로 회피할 수 없는, 돌이킬 수 없는 양자택일의 순간이 오고 있다. 나는 일단 이 글을 쓰는 것으로 회답했다. 우리 독자 여러분은 과연 어떻게 응답할 것인가.

| 작가의 말 |

집을 수리했다.

부모님이 모래로 벽돌을 만들어 직접 지어서 수평도 수직도 또한 가로세로 넓이도 엉망이라고 도배하신 분이 투덜댔다.

창살문에 붙은 손가락을 넣으면 툭 하고 구멍이 뚫리는 먼지가 너무 많아 물을 뿌리고 다시 마르니 말짱하게 창호지가 그대로 있었다. 문짝을 떼어 내고 창호지를 바르며 40년 전 어느 따뜻한 봄을 소환했다. 식구들이 다함께 모여 창호지를 새로 붙이며 남들은 다 붙이는 코스모스 압화를 우리는 왜 안 붙이는지 궁금해 했던 나는 이번에도 압화를 붙이지 않았다. 지금은 어느 하늘 구름으로 떠돌다가 빗물로 내 머리카락에 떨어져 내릴지 모를 부모님을 생각하며 직접 짰다는 옛날식 창살문을 보며 아버지의 음성을 재생시켰다.

닫힌 문을 열고 새롭게 단장하고 나니 이웃의 숙모와 아제가 좋다고 칭찬했다.

가끔 정신 줄을 놓는 오빠도 좋아라 했다.

가구를 주문하고 집필실로 쓸 것이다.

지인들을 초대해 왁자지껄 술도 마실 것이다.

우리 아버지가 그랬던 것처럼 중얼거리며 논쟁도 할 것이다.

평생 갯벌에서 장어와 낙지를 잡다가 병을 얻었던 엄마를 생각하며 통발도 놓을 것이다.

내게 문을 열어 주신 강영숙 작가님, 이기호 지도교수님, 조형래 평론가, 그동안 무수한 질문에 기꺼이 대답해 주신 스승님께도 무한 존경과 감사를 드립니다. 문학들 대표님, 관계자분들 모두 고맙습니다.

나의 까칠함에 대해 견디느라 애쓴 사랑하는 남편과 생각만 해도 미소가 지어지는 선, 안, 표 사랑한다.

무엇보다 글을 쓰느라 행복한 나에게 앞으로도 열심히 읽고 쓰겠다는 말씨앗을 남긴다.

2020년 9월

강애영

우리의 민아 강애영 소설집

초판1쇄 찍은 날 | 2020년 9월 9일
초판1쇄 펴낸 날 | 2020년 9월 18일

지은이 | 강애영
펴낸이 | 송광룡
펴낸곳 | 문학들
등록 | 2005년 8월 24일 제 2005 1-2호
주소 | 61489 광주광역시 동구 천변우로 487(학동) 2층
전화 | 062-651-6968
팩스 | 062-651-9690
전자우편 | munhakdle@hanmail.net
블로그 | blog.naver.com/munhakdlesimmian
값 12,000원

ISBN 979-11-86530-93-1 03810

· 잘못된 책은 바꿔드립니다.
· 이 책 내용의 전부 또는 일부를 재사용하려면
  반드시 저작권자와 문학들의 동의를 받아야 합니다.
· 이 책은 광주광역시 GWANGJU CITY 광주문화재단 의
  2020년도 지역문화예술특성화지원사업으로 지원받아 발간되었습니다.